无声之辩

VOICELESS DEFENSES

李燕燕 —— 著

天津出版传媒集团

天津人民出版社

图书在版编目(CIP)数据

无声之辩 / 李燕燕著. -- 天津：天津人民出版社，
2020.9(2025.1 重印)
ISBN 978-7-201-15597-5

Ⅰ.①无… Ⅱ.①李… Ⅲ.①传记文学–中国–当代
Ⅳ.①I25

中国版本图书馆 CIP 数据核字(2019)第 260129 号

无声之辩
WU SHENG ZHI BIAN

出　　版　天津人民出版社
出 版 人　刘锦泉
地　　址　天津市和平区西康路 35 号康岳大厦
邮政编码　300051
邮购电话　(022)23332469
网　　址　http://www.tjrmcbs.com
电子信箱　reader@tjrmcbs.com

策　　划　任　洁
责任编辑　金晓芸　张　璐
特约编辑　郭金梦
封面设计　明轩文化·王　烨
　　　　　TEL:23674746

印　　刷　天津新华印务有限公司
经　　销　新华书店
开　　本　710 毫米×1000 毫米　1/16
印　　张　14.75
插　　页　2
字　　数　180 千字
版次印次　2020 年 9 月第 1 版　2025 年 1 月第 2 次印刷
定　　价　49.00 元

让法治之光照亮无声世界

文/唐　帅

　　声音,是一个多么美妙的东西,它与五感当中的听觉相融合,赋予了我们人类情感,并且让我们为之沉迷、陶醉、享受,它是我们体验人生喜怒哀乐的主要媒介,更是我们进行语言表达的重要基础。声音和语言让我们对爱恨情仇有所动容,让我们能对社会上的不公、不平、黑暗、腐败进行有效的批判,对公平、正义、温暖、幸福进行争取和追寻,使我们赖以生存的社会得以进步。

　　"没有规矩不成方圆",我们的生活必须遵守一定的规则,任何行为都必须依照行为的准则——法律。法律让我们学会如何分辨善与恶、黑与白,让我们知晓可为与不可为,让我们懂得如何保护自己。

　　如果这个世界被按下了"消音键",或者是人类丧失了听觉,那我们的生活将会变成什么样?我们还能不能有效地表达自己的情感?我们还能不能有效地接收社会传递给我们的信息? 我们还能不能有效地进行学习,跟上社会的进步? 我们还能不能知晓法律,明白如何利用法律的武器来保护自己? 答案不言而喻。

这并不是一个无谓的假设。有这么一类人，"他们"离我们很近，因为我们共同生活在一个社会里，"他们"有可能是我们的亲人、邻居、同事……可是"他们"又离我们很远，因为"他们"与我们没有交流，即便与"他们"零距离接触也无法感知"他们"的世界……"他们"过得还好吗？——"他们"就是聋哑人。

相信大家都还记得曾经有一部非常火的电影——《秋菊打官司》，秋菊"不蒸馒头争口气"，为的就是尊严，为的就是公平和正义。为什么这部电影能够深入人心？因为社会上有很多能够对此产生共鸣的"秋菊"，也许正在阅读本书的你就是其中一位。一个表达自如的健全人在自己受到伤害时，想要讨一个说法都不是一件容易的事情。那聋哑人呢？他们要维权更是"难于上青天"，其中的艰辛不是一两句话能够说得清楚的。说到这儿，我要特别感谢李燕燕老师，她是当代很出色的写实派作家，她在本书中清楚地剖析了我国近三千万聋哑人的生活现状，以及聋哑人参与法律生活时不为人知的艰难困苦，足以让世人诧异。

当然，本书的目的并不是简单的剖析和倾诉，而是唤起社会对聋哑人群体的关注，让更多有志之士能够为之动容，参与到助残扶残的队伍中来，并在构建法治社会的要求下让聋哑人群体感受到法治所带来的光芒和温暖。

最后，我想说的千言万语可以汇成一句话："谢谢你们，我仅代表全国近三千万聋哑人谢谢你们。"

都说"哑巴吃黄连，有苦说不出"，但我想做聋人的耳，做哑人的嘴。

　　我愿尽我所能,让法治之光照亮这无声的世界,让聋哑人群体能够跟健全人一样平等地参与社会生活。

2020 年 8 月 11 日

于无声处辩声高

文/李炳银

    聋哑人是一个独特的群体。因为天生或意外导致的听力及语言表达障碍,他们在与健全人相处的时候,总有一道隔阂存在。这道隔阂,几乎是一条无形的鸿沟,将聋哑人与健全人划分为两个世界的人,彼此之间存在着未知的陌生空间,犹如白天不懂夜的黑,由此衍生出许多由交流艰难、沟通失灵造成的困境和误解。这个"无声世界"充斥着痛苦、贫穷和无奈,每天都有很多大部分人并不知晓的故事发生,悲喜碰撞,苦乐相随,一次次带给我们警示与反思,令人感怀唏嘘。

    李燕燕的长篇报告文学新作《无声之辩》,以敏锐的触觉感应这个未知的"无声世界",并以一个独特的切入点探知聋哑人这个特殊群体的生活与命运,以文学的形式向这近三千万人伸出有力的援手。有理由相信,这部作品一定能够得到来自"无声世界"的响亮回应——被理解与满足的回应。

    尤其值得我们关注的是,这部连接着聋哑人和健全人之间关乎法治、尊严、权利、命运等内容的真实文学叙述,是文学作品极少涉及的题材,具有非常新颖特异的品质和重大的现实意义。因为是对真实社会人生的报告文学叙述,这样明显不易得的作品,既是现实文学创作的重要收获,更是作家通过对"中国首位手语律师"唐帅三十五年人生片段的叙写——那些围绕聋哑人的关爱、发声、辩护、救助、冒险等系列精神、情感与行动——给予边缘弱势群体一种真诚恳切的抚慰。这样的写作,其本质无疑是一种浓重真切的现实关怀,表达了社会对聋哑人生活与命运的关注和看护。《无声之辩》虽然讲述的是唐帅熟练运用手语,在"有声世界"里做"无声辩护"的生动故事,但其所蕴含的社会人生内容,却是李燕燕作品十分丰富深刻和独特的再次精彩表达。

重庆律师唐帅,是"全国唯一"熟练掌握聋哑人手语技能的健全人律师。多年来,他凭着善良正直的本性,依靠熟练的手语和深厚的法学素养,在"无声"与"有声"之间搭起一座沟通的桥梁,为全国众多聋哑人提供法律支持和帮助,为维护其法律尊严、保障其合法权益做出了很大的贡献,甚至直接深刻地改变并影响了许多聋哑人的生活和命运。因此,唐帅是当下在全国聋哑人中有很大影响力,得到数以万计聋哑人信任拥戴,并且得到来自地方和国家层面褒奖的"独一无二"的手语律师。唐帅很年轻,可他在特殊社会舞台上的出色作为和突出表现,却为他本人,亦为社会开辟出新的事业天地,犹如一记来自"无声世界"的响雷,给人以振奋和触动,非常可喜和令人欣慰!李燕燕与天津人民出版社能够敏锐地记录唐帅其人,以及他为广大聋哑人提供的珍贵稀缺的法律支持,感知其在改善聋哑人生活现状、推进司法公正中发挥的重要作用,进而热心深入地挖掘并创作,表现了一个青年作家和一个有社会责任感的出版社之于文学的价值选择与独到眼光。

《无声之辩》是一部作家通过长时间对唐帅及与之相关人群追踪采访之后，真实生动地还原其人其事的报告文学作品。该作品为人们走近现实人物和许多陌生诡异的案件提供了大量独特的视角和现场感受，是一种个性独特且超常规的文学表达。因为沟通障碍，聋哑人"通常文化程度较低，三观普遍不大成熟，看问题比较容易陷入'非黑即白'的境地，社会歧视造成的情感淡漠和就业难，再加上对法律的无知，使他们很容易走上犯罪道路"。聋哑人犯罪和遭侵害的案件较多，作品通过唐帅深入一众聋哑人案件的过程，文学性地还原唐帅为许多因为语言沟通不畅而遭受歧视、冤屈、欺骗、虐待的聋哑人讨回公道的情形，真实生动地展现了唐帅正义、聪慧、敬业、坚韧、无畏、有良知、有担当的质朴品格与鲜明形象，非常令人钦佩和感动。

在看到某些手语翻译置公理、良心于不顾，直接向聋哑人索贿，甚至有意歪曲诬陷的恶劣行径时，在见到聋哑人因为社会与家庭歧视、生活无助而陷入犯罪圈套，遭受欺压、蹂躏、拐骗等苦难境遇时，唐帅深感自己作为一个精通手语的律师的社会责任与担当，他砺剑出征，负重前行！他放弃稳定且前程大好的工作，他忍受正常生活节奏被打乱所带来的身心苦痛，他坚持昼夜与聋哑人微信联系，他不顾凶险与特大诈骗犯罪团伙斗争，他为全国聋哑人无私提供法律帮助……本书通过对与唐帅息息相关的一个个真实的人物命运的文学演绎，表现出特别珍贵的价值和意义，让人们真切地看到这位"手语律师"的"帅气"和"侠气"，看到这位"85后"在"无声世界"高扬法治大旗的伟岸身影。作品对这些真实的故事和事件进行描绘的过程,既是唐帅从"无声"走向更大舞台"发声"的过程,也是唐帅的性格与形象不断具象和立体化的过程,生动感人,颇能予人启示。

可以说,唐帅之于弱势群体的独特作为和表现,令人欣慰,使得人们为"依法治国"的成效日益显现而兴奋,为聋哑人在社会生活中的权利得到更好的保障而欣喜。《无声之辩》本身,也是以唐帅的行动和踪迹为主线进行的一次次精彩的普法宣传和教育。李燕燕在《无声之辩》中,深入仔细地探析了唐帅之所以有这些独特作为与表现的缘由,同时也十分自然地传递了很多关于聋哑人普法维权的信息,为人们认识了解涉及聋哑人的案件提供了不少警示案例。唐帅出生于一个父母都是聋哑人的家庭,幼时曾因为父母的聋哑数次遇险。一次是在唐帅出生不久患了严重病症时,由于父母无法与医生沟通,小小的唐帅差点儿被医生放弃,后来因外婆的坚持才有幸存活;还有一次是在唐帅出生三个月时,晚上睡在父母中间的唐帅因棉被履面呼吸困难而大声啼哭,聋哑的父母却毫无觉察,若非外婆及时发现,唐帅可能已经窒息而亡(后来外婆怕再生意外,将其接走抚养)。再加上唐帅从小就和聋哑人这个特殊群体密切接触,幼时生活困顿,吃"百家饭"长大,得到张大姐、王大姐等诸位善良底层人的关爱和帮助。这些经历,都为唐帅深切洞察和融入"无声世界"做了厚实的铺垫,使得他对聋哑人有了一种情感上的自然代入。作为一个可以多面经营的健全人律师,唐帅肯下功夫钻研手语,主动包揽"无利可图"的聋哑人法律业务,恰与他自身的独特经历和浓郁情感有紧密深刻的联系——这是善念的萌发,是对良知的追寻,是对身处社会边缘的弱势群体的悲悯与关爱，更是唐帅所有勇气的源头。通过与唐帅的深入交谈及现场观察，李燕燕对涉及聋哑人案件整体情形的全方位呈现，将唐帅的内在精神情感和外在作为表现，活生生地提交给读者，也包括唐帅对现实的困惑无奈、对复杂人生的忧患、对自己的孤单存在等，都十分个性化地给予了全方位的展现。《无声之辩》这部作品，既是对唐帅人生片段的书写，也是对中国乃至世界司法领域特异表现的很好记述。尽管《无声之辩》对主题意义的阐释还有生发空间，但这个作品无疑是中国文学的一次非常引人关注的个性报告文学表达。

李燕燕是当今中国活跃的青年报告文学作家。此前，她的《山城不可见的故事》《天使 PK 魔鬼》《老大姐传》《拯救睡眠》等作品，真实书写了底层劳动者的坎坷命运、绝症患者与病魔搏斗的惨烈情形、奇特女性的人生故事，以及虽常见却令很多人苦恼的失眠现象，等等。这些作品，内敛而富有社会画面感和烟火气，是在现实社会与人生现场中的独特发现和表达，意蕴丰厚，生机勃勃，成为一道奇妙风景。这部《无声之辩》，再次显示了李燕燕报告文学的创作个性，她一直坚定地走自我独特题材发现与创作的道路，在有个性有价值的人物或土地上耕耘，最后实现与别人绝不会重复的自我表达。这些都使得这一次创作依然会长久富有个性与生命力量。

李炳银

2020 年 4 月 24 日

目 录
CONTENTS

序　章

　　2018 年初春的某个凌晨，重庆市大渡口区。天安数码城 B 座 10 层，偌大的律师事务所大厅早已空无一人，白日里的紧张忙碌及各色抬眼可见的锦旗标牌，都被深夜的暗淡遮蔽，唯有往里拐角的地方，透出一线光亮，光亮来自律师事务所的主任办公室。

　　时针指向两点，城市已沉睡，律所主任唐帅正忙碌着。白天他奔走了好几个地方，入夜才能坐下来处理这些非常要紧的事。这段时间，他深入到了一场战斗中，而且是前所未有的恶战。他的手机上、电脑里、办公桌上、保险柜里，都是关于那起"庞氏骗局"的举证材料——它们来自成千上万受害的聋哑人。而这场骗局的操纵者，同样也是聋哑人。一段段视频、一张张图片、一组组数据，令人瞠目结舌。在这场战斗中，唐帅很孤独，并且，只能进不能退。一如往常，他正聚精会神地处理这些报案材料。忽然，案头的座机骤然响起，唐帅稳了稳神，在三四声铃响之后才猛地拿起电话。就在半个多月前的某个晚上，电话也如这般响起，接通后，一个熟人声音低沉地劝告他：不要再管那件事，你管不起，也与你无关。

但唐帅没有听劝。对于各种夜间的来电，他做好了充分的准备。但没有想到的是，这通电话却是 B 栋大楼的保安打来的。

原来，这位尽职尽责的保安正在各个楼层巡夜，从楼梯上来，在 10 楼的电梯口附近，他看见了几个奇怪的人——穿着警服，乍一看是警察，却互相比画着手语，这些人瞧见保安后就神神秘秘地回避到一旁的安全出口。保安一琢磨，这几个鬼鬼祟祟的人很可能跟"手语律师"唐帅有关，肯定不是什么好事。因为，保安也知道唐帅正在办一个"大案子"——最近有太多报案的聋哑人进出律所了。于是，保安小心翼翼地下了楼，确定周围没人以后，他掏出手机，打通了唐帅的电话。"唐律师，一定小心哪！"保安压低声音嘱咐。那头唐帅故作镇定："谢谢你，我知道了，我一定会保护好自己，请放心。"

该来的终究会来，怕归怕，但这是个法治社会，暗夜中蠢蠢欲动的东西终归不敢太嚣张。放下电话，唐帅立即拨打了"110"。接着，马上锁紧办公室的门，又把靠墙的两个大沙发吃劲地挪过去，死死抵住。唐帅知道，即使那些个歹徒拿榔头、棍棒等凶器砸碎了律所的玻璃门，闯进大厅，可要攻破办公室的这道门，还需要花费一些时间。这期间，警察就会赶到。

好在，那个令人恐惧的凌晨，有惊无险。几分钟过后，警察来了，那几个可疑的陌生人消失无踪。

这段故事是唐帅亲口向我讲述的，且不止一次讲到。那是他做律师以来，遭遇的最惊险的场景之一。

2019 年初，对唐帅的采访开始一段时间以后，在某个茶会上，我与几位年轻的律师围绕这位司法界的"网红"进行过一次深入讨论,他们都是我熟识的朋友。此前,三十四岁的唐帅——重庆义渡(化名)律师事务所的主任,刚被评为 CCTV"2018 年度法治人物",也是十位杰出人士当中唯一的一个"体制外"。在网页搜索"唐帅",所有的介绍都直指央视那台意义非凡的颁奖典礼,唐帅手捧奖杯的画面令人印象深刻,一身庄重的律师行头,自来卷的短发修得很是得体。我分明记得,第一次见到他时,他的卷发长到需要用一根橡皮筋扎着,似乎与"庄重"这一律师自带的属性不搭。

话说,"正当红"的唐帅被评为年度"十大法治人物"的新闻,在网上很火爆,点击率甚高,随之邀请他做节目的广电栏目组更是一个接一个。说起这些事,对于"出镜"早已轻车熟路的唐帅,甚至开始有些"挑挑拣拣",还常常带着几十个人的团队一起上节目。但热闹的是外面,重庆的圈子里似乎很平静。

对这种现象,我很好奇。作为纪实作家,我非常明白,仅听传主一面之词是不严谨的,必须有许多周详的侧面采访——向知道他的人了解他。

为了侧采①唐帅,我在许多场合访谈过一些资深的重庆司法界人士,其中包括法院院长、律师事务所合伙人。

"您知道唐帅吗?"

"知道。那个擅长手语、帮聋哑人打官司的小伙子。"

---

① 即侧面采访。

"您能说说对他的印象或者感觉吗？"

"哦，我对他不熟悉。"

"我对他不熟悉"，这是我听到的最多的回复。接着，对面那位五十岁上下的"老板凳"①会扶扶眼镜，直接同我把话题拉到知识产权保护上面，建议我和作家朋友们可以去律所登记办理，一年缴费一次。

关于"聋哑人维权普法"这个领域，许多律师并不熟悉，或者说不以为然。聋哑人毕竟是个占少数的群体，就像我每天都乘坐的轻轨 3 号线——一条从机场到繁华的渝中区的线路，聚集了最多的外地游客，形形色色。可一年下来，总有那么两三次能碰上聋哑人，他们彼此打着手语，似乎是为了统一下车站点，一副忙乱的姿态，几个人咿咿呀呀一阵，急得脸都涨红了，引得周围的人好奇观望。

但唐帅告诉我的是，抛开聋哑人刑事案件的官司不说，他的律所一年能够接到聋哑人报案五万人次。这样的"报案率"，甚至比重庆主城区一个派出所还高。

不过，话说回来，报案不是应该找警察吗？

"去公安局不顶事，那里没人懂手语，我又没读过什么书，字句写不顺畅没法沟通，基本每回去，都无功而返。"找唐帅报案的聋哑人打着手语，配合一脸无助的神情。他们的回答让唐帅不忍拒绝。

常人看来不明其意的自然手语被唐帅细致地整理出来，显示出案

---

① 重庆话，泛指行业里资格老、有话语权的人。

件本身的逻辑，落于纸上形成报案材料，再交到公安局。一切只收两百元成本费。

后来，情怀形成了"强迫症"。唐帅每天清晨睁开眼的第一件事，就是处理微信上的"小红点"——聋哑人总是喜欢半夜发出求助微信。唐帅睡眠浅，凌晨两三点有聋哑人的求助视频发来，他若觉察到，定会不厌其烦地回复。唐帅的两部手机全都内存爆满，微信里挤满了视频，视频里都是聋哑人在用手语比画陈述。

对普通人来讲，表达是多么容易的事啊！但是对无声者来说，却是那样迫切又艰难。

"人们所不知道的是，聋哑人不仅属于社会边缘人，更几乎算得上是另一个世界的人。因为重要感官功能的缺失，他们对于事物的认识和我们大相径庭。不仅不能说，对于我们通用的词汇——写在纸上，他们如果识字的话，也只知其字，不明其义。他们通常文化程度较低，三观普遍不大成熟，看问题比较容易陷入'非黑即白'的境地，社会歧视造成的情感淡漠和就业难，再加上对法律的无知，使他们很容易走上犯罪道路。"唐帅说。

唐帅朋友圈那些与聋哑朋友聚会的照片，其中许多人是他曾经帮助过的对象，或做过错事受过惩罚，或蒙冤又洗冤，也有保存微弱听力、一心要成为"手语律师"的年轻人。唐帅用手臂热情地拥抱他们，用心倾听他们、信任他们、支持他们。早在正式跨入律师行业之前，唐帅在全国"聋哑人圈"就很有名，因为他准确、贴切、客观的"手语翻译"，使得扑朔迷离的案情能够快速抵近真相。因此，当时公安系统也有猜测说，这个卷发、帅气、说话甜的男孩子精通催眠术，善于驯服极难沟通的聋哑犯罪嫌疑人。

所以，在我看来，那次茶会期间的自由讨论是难得的。言归正传，还是说说那天与年轻律师们的讨论结果，这些与唐帅年纪相仿的同龄人认为：

——唐帅算得上是律师行业中成功的"策划家"，善于"经营"自己的特色。比如，专接聋哑人的刑事案子。但这不是最终目的，他是以此为契机发展自己的律所，打响知名度。

——当下少有年轻律师敢轻易接刑事案子。刑事案子很棘手，遇到复杂案情和说不清道不明的背景，处理不慎很可能遇到一些麻烦。

……

还有一个看法是替我着想的：

李老师，您是写报告文学的，报告文学不是应该写好的善的东西吗？不知您想过没有，唐帅经常给那些作恶的聋哑人辩护，作恶就应该受到法律的制裁啊。难道你要写一个律师利用手语特长为恶人说好话，对抗国家公诉吗？

我并没有把这些讨论情况反馈给我正在采访的唐帅。毕竟，我想通过我的视角、我的访谈去还原一个人。如果生活有六十个面，我要抓取尽可能多的面。

抓取尽可能多的面是不容易的，甚至连抓一个面都很难。2019 年 2月 13 日，正月初九，我专门从成都赶回重庆采访唐帅。之前他说要给我一整天采访时间,但事实上只给了我半天。

"很多人会问我全国到底有多少个手语律师?目前在我们国家三十多万的律师当中,除了我'不要脸'地站出来,其他的不清楚。我一个人如何能应对全国近三千万的聋哑人?那是杯水车薪,不可能的。"唐帅在接受采访时对我说。

可惜,上午还精神抖擞的他,在半个小时的午睡后反而变得困倦不堪,几乎是在"梦呓"状态中回答我的问题,采访进行得很不顺利。中途,一个二十出头的小助理数次推门进来,站在一旁担心地看着"半昏迷"的唐帅。前一天晚上,或者说许多个晚上,唐帅都在通宵翻阅卷宗、撰写法律文书。白天太嘈杂,前来求助求救的聋哑人仅仅是交流、笔录便要耗去相比于健全人数倍的时间。晚上才是可以安静下来的时段,刑事案件的辩护需要从各种图片、视频、文字记录中找寻可以取证、突破的蛛丝马迹,然后推理、分析。

梦呓般的讲述中,唐帅突然坐直,问道:"我看上去是不是很显老?"他自述最近咳嗽常能咳出血来;低头太久的话,一抬头眼前一片漆黑——以前只有一瞬间,现在能持续几秒,他说他计算过;右腹发硬,疼。浑身不舒服。如若深夜放下卷宗,躺下,却又难以进入深度睡眠。眼睛上翻,令人焦虑的人和事便历历在目,本应放松休息的大脑却闹腾不已。有时,在浅浅的迷糊中,几个卷宗上难以想通的疑点竟逐渐拨云见日,案件的突破口乍现,辩护词的逻辑也成形。工作堂而皇之地侵犯了睡眠。

我不禁奇怪,身体有了这么多状况的唐帅,为何不去做全面检查?

"不敢去,害怕去了真查出什么,一切就搁下来了。"唐帅迷迷糊糊地回答。

上午他精神好的时候跟我说过，之前大腿上长了一个瘤子，眼见着由黄豆大长到拇指大，一个与他相熟的外科医生在多次约他去医院未果的情况下，主动带着医疗器械到律所，准备将这个"脂肪瘤"在唐帅的办公室里直接解决掉。唐帅让他等等，结果这一等就是六个小时。待唐帅从一番昏天黑地中解脱出来时，医生早就走了。他微信向那个医生道歉，医生回复他：你是在作死吧！

那天采访结束时，他突然跟我说：你给我写完传记，我是不是就要准备"over"了？我告诉他，这不算是传记，只是你三十四岁人生的一个片段而已，就像"川航"那位英雄机长，以他为原型拍摄的电影《中国机长》，也只是他人生的一个片段而已。你们都是中国的骄傲，未来一定会更好。

第二天，我跟一位资深的心理医生吃饭，顺便跟他说起唐帅的事，包括那些令人难以理解的执拗——或者说是"作"。这位心理医生跟我一样，最初都是从网络报道中知道这位"厉害的大律师"的。听完我的讲述，这位从业近二十年的中年男人沉默良久，吐出一句话：爱之深，痛之切，责之狠。

由爱痛演化的责任背后，是沉重的现实——关联着唐帅的出身、成长、抉择，关联着一个三十四岁的年轻律师极其执拗、近乎怪异的坚持。

老厂记忆

2019 年初春的一天，在我的一再要求下，唐帅终于把我带到他从小生活的地方——一个已经倒闭了二十多年的金属厂，一个残疾人的福利厂。当年，厂里百分之六十的职工都是聋哑人，外人叫这个小厂"哑巴厂"。是的，半个多世纪前，国家就通过"福利厂"的方式给予了残疾人就业的机会。而且，在社会普遍认定的盲、聋、肢体、精神和智力这五类"残疾"中，聋哑人是最具劳动能力的。唐帅的聋哑父母当年分别是厂里的焊工和钳工。据说他们没有经过专门的学习，只在一旁看师傅操作，也就慢慢看会了。

2019 年初春的一天，在我的一再要求下，唐帅终于把我带到他从小生活的地方——一个已经倒闭了二十多年的金属厂，一个残疾人的福利厂。当年，厂里百分之六十的职工都是聋哑人，外人叫这个小厂"哑巴厂"。是的，半个多世纪前，国家就通过"福利厂"的方式给予了残疾人就业的机会。而且，在社会普遍认定的盲、聋、肢体、精神和智力这五类"残疾"中，聋哑人是最具劳动能力的。唐帅的聋哑父母当年分别是厂里的焊工和钳工。据说他们没有经过专门的学习，只在一旁看师傅操作，也就慢慢看会了。

　　因为负债累累，这个早已破产的小厂及其狭小的家属区，到如今也没有被拆迁商用，故而在老楼窄巷中保留了无数旧时光。这里，记录了唐帅作为"聋二代"童年及青春期的大部分爱恨荣辱。

　　或许，在这里可以捕捉到这位"手语律师"更多的侧面。

　　这个小厂，距唐帅的律所只有五分钟的车程。在大渡口地标建筑的"天安数码城"，年轻的唐帅拥有将近半层楼。

唐帅的天地很大,足迹遍布天南海北,熟人朋友遍天下;唐帅的世界很小,旧居、现居、工作、生活,全部集中在大渡口区。

大渡口,这个重庆最小的主城区被称为"钢城",大名鼎鼎的重庆钢铁集团及其数万职工曾经就生活工作在这里,或者说重庆钢铁集团造就了如今的大渡口才比较准确。就像有人开玩笑,"走在大渡口的街上,行人里十有八九都是你的同事。"具体到唐帅的家庭,除了聋哑的父母,他的爷爷奶奶、外公外婆都是"重钢"工人。对于大渡口,唐帅有很深的情结。

有人要问了,既然叫大渡口,顾名思义在这里应该有很大的渡口码头才对。可大渡口的渡口并不出名,在重庆的长江港口码头中也是名不见经传呀?说得对。大渡口的港口码头主要是"重钢"在用,在长江的港口中,也就只有这么一个企业专用码头。而大渡口的得名,是另外一回事。

巴县马王乡①长江北岸有一条小溪,小溪的两岸长满了马桑树,因此也称马桑溪。在明代,就已有人居住在小溪旁边,耕田种地。明末清初的战乱使四川人口大减,十室九空,数十里不见人烟。清代初期,朝廷为了巩固统治,增加税赋,采取了积极的移民开发政策,大量湖广民众移民四川。一些移民溯江而上,来到马桑溪,见这里地势平坦,依山傍水,有荒芜的田地,有茂密的竹木,江面虽说很宽,但水流却比较平缓,于是

---

① 马王乡这个地名今天仍然在用,轻轨 2 号线有马王乡站。

就在这里住了下来。他们开荒耕田,种植庄稼,打猎捕鱼,维持生活。因为有人要过江,渔船也成为渡河工具。久而久之,马桑溪成了一座渡口,因在长江北岸,因此叫北渡口。到了清代后期的光绪年间,随着人口增多,来往于长江两岸的行人多了起来,渔船过江已不适应现实的需求。于是两岸乡绅贤达倡议募捐集资,以开设义渡。

修桥补路、开设义渡等是行慈善、积功德的公益好事。义渡是民间的一种公益行为,义务摆渡,过河人是不交船钱的。因此这倡议得到周边乡邻的支持,很快筹集了一笔银子,并推举了会首来筹办这事。会首将这笔银子的一部分用于购买木材、桐油等造船材料。又请来水木匠,打了两艘木船作为渡船,还请了几个经验丰富的打鱼人做船工。另一部分作为基金放债,以其利息作为船工的工钱和船只维护费用。义渡不收过河费,加上船大,过江更安全,因此行人多选择北渡口过江。至此,北渡口上下游数十里内,这个渡口江宽流缓,渡船最大,过江人数最多,又称之为"大渡口"。

先有了这个叫"大渡口"的渡口,才有了跟着叫"大渡口"的地名。现在马桑溪上建有马桑溪长江大桥,是内环快速路上的一座重要桥梁。

"我就出生在马桑溪旁边。"唐帅经常说。

1937 年 7 月 7 日,抗日战争全面爆发。国民政府考虑到长期抗战的需要,决定将华北、华东、华中、华南等地一批官办与民办企业内迁至重庆在内的西南等地区。1938 年 3 月,国民政府成立了"钢迁会",负责实施钢铁厂内迁重庆,重建新厂事宜。经再三比对,新钢铁厂的厂址,最终选在了大渡口。

  经过一年多的抢建，一座 20 吨级的高炉于 1940 年 3 月炼出了第一炉生铁。其后，炼钢、铸钢、钢条、机修、运输等生产及辅助厂和车间相继建成投产。至此，"钢迁会"成为抗战时期后方最大的钢铁联合企业。从 1941 年至 1947 年，"钢迁会"共生产生铁 56500 多吨，钢锭 44400 多吨。1942 年，钢锭达到最高年产量 10000 吨，为重庆的兵工企业提供了大量钢材，有力地支持了前方抗战。

  "钢迁会"在拆迁、建设、生产过程中，遭到日军飞机的狂轰滥炸。仅以 1940 年 9 月 14 日、1941 年 8 月 22 日和 1941 年 9 月 1 日三天计算，日本飞机计有 45 架次对厂区进行了轰炸，投弹 270 多枚，炸死员工 160 多人。广大工人为了支持前方抗战，不怕流血、不怕牺牲，在敌人的轰炸中，坚持建设，坚持生产。

  1949 年，"钢迁会"改名兵工署二十九工厂。1951 年，改称西南钢铁管理局 101 厂。1955 年，改为重庆钢铁公司，之后有了重庆钢铁集团在大渡口区的茁壮成长。"重钢"的老工人，几乎个个都能完整讲出这段血与火的往事。唐帅也是听着这些故事长大的。不知不觉间，故事的精髓就浸染入骨了。

  而"重钢"环保搬迁始于 2007 年，完成于 2011 年。这是继"首钢"之后，中国钢铁行业实施环保搬迁的第二家大型企业，被列为重庆市工业投资"一号工程"。除了为环境改善带来利好，"重钢"搬迁或可有利于三峡库区产业空心化和移民就业问题的解决。

  现在的"重钢"，早已结束在大渡口的使命，整体迁往长寿。而留下来的厂区在拆除后，重新耸立起一座座摩天大楼，以另一番面貌呈现在世人面前,"天安数码城"便是其中的佼佼者。

从重庆钢铁集团搬离大渡口区开始,这个重庆最小的主城区的节奏便慢了下来,甚至大街上都很少看到行人,即使有,也多是头发花白的老人——"重钢"整体搬迁,只留下了退休职工。老人们有的在上午九十点钟拎几棵青菜悠悠地回家,有的在午后抱着小孙子出街,追逐山城难得的阳光。安静的小城,似乎唯独年轻的唐帅行色匆匆,天南海北而来向唐帅求助的聋哑人也到了这里,尽管大渡口在重庆位置偏僻。唐帅成名之后,北京、江浙等地发出的邀约也不少。"我的根子在这里,我的律所也要留在这里,虽然他们开出的条件特别好。"唐帅说。

就像重庆遍街的黄桷树,令外地人不适的炎热和潮气,对它恰好是最大的滋养。

2016 年 9 月,唐帅在大渡口区建立重庆义渡律师事务所,只带了三个人,不到两年时间,就发展到六十余人。在成为执业律师之前,作为一个颇有名气的手语翻译,许多聋哑人都知道:如果有涉及法律的问题,唐帅是可以帮到他们的。所以,唐帅的律所,很快便成为大渡口区司法系统的一张闪亮名片,继大渡口区人民检察院未成年人刑事检察科科长、"莎姐"青少年维权岗办公室主任梅玫之后,三十二岁的唐帅于 2017 年当选为大渡口区人大代表。

承载着唐帅诸多记忆的小小的福利厂,藏在被原"重钢"厂区重重包围的大渡口的某个角落。站在小厂高处的堡坎上,向远处望去,马桑溪大桥及桥下古镇的飞檐历历可见。

说福利厂是唐帅"从小生活的地方"，其实也不准确。他三个月大的时候被外婆抱走抚养，其间断断续续回来见过父母。这种情况并不奇怪，大部分聋哑人父母会把新生的健康孩子交给健全的祖辈带。直到唐帅十四岁时，年迈的外公外婆已无力承担抚养外孙的重责，他才彻底回到已经破产的福利厂，和聋哑的父母一起生活。此时，这对可怜的父母已经双双下岗。离开福利厂的庇护，聋哑的他们不再被人需要，哪怕他们正处在抚育孩子的关键时期，也没有得到一个可以养家糊口的饭碗。

"我父亲和母亲会轮流出去一段时间，到外地找朋友讨口饭吃。出去的火车票需要东拼西凑，回来的火车票常常是人家帮着买好了。"

在父母轮流出去"会朋友"的同时，少年唐帅正式开启吃"百家饭"的历程。

"他那时碰面就爱问我：李姨，你今晚吃什么？我到你家去吃好不好？"唐帅父母的邻居李一荣回忆说。李一荣是福利厂副厂长的爱人，一个健全人。唐帅曾在李一荣家里吃过几顿肉。

去福利厂旧址那天，我见到了李一荣。这个五十五岁的富态女人见面便递给我一支细长的女式香烟，我拒绝了。她是专门赶过来看我这个"作家"的。听说我要采访唐帅，她就笑着说："李老师，你来评评理，唐帅还欠着我一双鞋哩！他当初打工回来开卡拉 OK 厅又请不起人，忽悠我过去给他免费做清洁，当时说年底送我一双鞋的。结果，空头承诺了十来年，现在做了大律师也没送。"

"你在唐帅的律所工作这几年，没领过薪水吗？"安静地坐在一旁的张大姐突然打趣李一荣。张大姐与李一荣性格截然不同。张大姐与老伴儿是重钢厂退休工人。2001 年,"下海"浪潮翻滚,四十岁出头的张大姐停薪留职,在重钢中学附近开了一个名叫"好望角"的卡拉 OK 厅。十五岁的唐帅喜欢唱歌,放学后经常和同学们成群结队地去"好望角"唱歌。这个乖巧、记忆力强又有一副好嗓子的少年,着实让张大姐印象深刻。关系越处越近,张大姐甚至发现,其实自己很久以前就认识唐帅的母亲,"那时,他母亲大约三岁,模样好乖的,可惜听不见也说不出来。"

"唐帅生得还是像他母亲,也热心,十几岁的年纪,就常常被派出所请去做手语翻译,替那些聋哑的小偷小摸翻译,至少不让人家冤屈。有的偷儿确实身世可怜,唐帅还常常求我帮着带点儿日用品,去看守所看他们。"张大姐说。

2004 年,张大姐资助从高中退学的唐帅去上海"寻梦",给了他一千五百元的路费。那一年,唐帅在上海参加亚洲音乐节"中国青年歌手大奖赛",一下子拿了四个奖,张大姐小小的"好望角"因为一颗新星的升起而跟着火爆。也是那一年,"星光大道"刚开播,唐帅要参加节目初选,忐忑不安地打电话征求张大姐的意见,到底选哪首歌最好。幸运的是,业余歌手唐帅接到了赴北京比赛的通知;难过的是,比赛的费用很高,需要好几万,连张大姐都无法筹措这样一笔开支。时至今日,张大姐还在为这件事遗憾不已。十几年后,张大姐的"好望角"早已惨淡关门,老两口仅有的住房,也因为儿子生意失败被银行收走。走投无路之际,张大姐应了唐帅之邀,住进了他买下的某套房子里,那房子紧挨福利厂。据说,那套房子也是唐帅为了帮助一个朋友,特意出高价买的。

"唐家小子让我安心住,就像自己家一样,不要我交一分钱。"张大姐说。

王二姐，一个浑身烟火气却本真的女人，同李一荣一样，是唐帅在福利厂的邻居，一个健全人。我没有见到她，但她却生动地存在于一群人的谈笑中。她手把手教会了少年唐帅打最市井的麻将，教他与世俗众人的相处之道。她满嘴吓人的调侃，"一次，王姨打输了牌，她一把抓住正在一边伸长脖子观战的我，直接说，唐小子今晚陪我睡，权当给姨冲冲喜。看我吓得说不出话，又补充道，哦，怕你妈妈抓住？没事，到时咱们一起钻床底。"去年，外婆一个劲儿逼婚，唐帅直接把五十出头、丰满富态又故意搔首弄姿的王二姐领到老人家跟前，本来就是惊吓，而王二姐横空出世的一句"咱们是真爱哟"，直接让外婆不敢再提让唐帅找对象的事。

"很多事情不敢想象。"张大姐对我说。少年唐帅的生活环境可以称之为"恶劣"，但他自小却能敏锐洞察这种市侩无节操之下隐藏的善良，犹如在看守所里手指翻飞地与聋哑犯罪嫌疑人交流，悉心发现"恶"之背后的种种隐情与无奈。早熟的少年唐帅，据说不仅看见聋哑人有难事就想帮，还喜欢与比他更大的或更小的人交往。"唐帅这个娃儿和其他年轻人完全不一样。"

在唐帅眼里，被旁人轻视的王二姐是个口无遮拦的好人。她离婚多年，却一直坚持照顾瘫痪在床的前夫，喂饭擦洗没有一丝抱怨。她与中国其他的父母不一样，她从来不会向幼小的儿子隐瞒关于"性"和"男女"的真相，但长大后的儿子老实本分，是个对自己的感情极负责任的好男人。

　　在破旧的老厂里,我和唐帅漫步走在任意一个狭小巷道上,路过的人都会跟他打招呼,其中更不乏打着手势做着兴奋表情的人。本来,他这个十四岁就开始吃"百家饭"的少年,也是联结厂里聋哑人与健全人的纽带。在父母的旧宿舍旁,常年生活在"重钢"家属区的年近九十的唐帅外公,喜欢每天步行二十分钟,到这里的大黄桷树下打牌。见到与唐帅年纪相仿的我,老人家露出惯常的好奇,唐帅上前耳语了几句,老人才安稳下来。那天下午,我给唐帅和外公照了一张合影。

　　在巷口的小面馆,还没吃中饭的唐帅叫了一碗鲜香麻辣的牛筋面。面馆老板显然又是一位熟人,他坚决要请这碗面,唐帅却趁他没注意,扫了墙上张贴的二维码,抢着付了款。

　　一路,我注意到唐帅的脸上荡漾着微妙的幸福,那是一种悄悄幻化的红晕。他是在回味那些熟络的温暖吧。天南海北的聋哑人依靠着他,而他可以依靠的东西,却藏在这陋巷旧楼之中,绝不会因为他是一个越来越成功的年轻的律所合伙人,或者说是 CCTV "2018 年度法治人物"中唯一的一个"体制外",曾光鲜亮丽地出现在领奖台上,而有丝毫改变。

　　"这些才是我顶重要的资源。"那一天分手的时候,唐帅很肯定地对我说。

无声世界

　　生活对聋哑人来说，的确艰难。虽然，聋哑人拥有与正常人一样的健康身体，工作的选择也要比肢残、智残多得多。正如前面所言，如果要在各类残疾群体中评选出一类最幸运的，那得票最高的无疑是听力障碍者。可是，现实并非如此，由沟通障碍和心理因素共同构筑的堡垒，将聋哑人隔绝在另一个世界里，这个无声的世界满是失望、伤痕、穷困和自弃。

"今天我要讲的，是一个非常特殊的群体，他们就是聋哑人。很多人都会问，聋哑人多吗？为什么在我的生活中，或者自己身边的亲朋好友里，都没有聋哑人？感觉聋哑人离自己很遥远，是吗？但其实据不完全统计，我国聋哑人有近三千万，比上海市的常住人口还要多。"唐帅在一次即兴演讲中说。

　　这样的演讲辞让我猛然想起，除了在轻轨公交上偶尔会见到这些人，有时在繁华广场上也会看见举着求援牌子、穿着时尚短裙的聋哑女孩向路人乞讨，甚至有朋友告诉我，曾经看见一大群聋哑人穿着名牌到某个人均消费二百元以上的饭店聚餐，比画着嚷嚷着要酒水。聋哑人不是生活困难吗？朋友发出过这样的疑问。

　　事有碰巧，在与唐帅密切接触的那段时间里，我刚好结识了一位聋哑学校的老师。彼时，他正为一个十七岁的聋哑问题少女头疼不已。女孩逃课，跟人到街头去做销售，销售的是什么不得而知，但几天前女孩被派出所拘留，却是因为从事了色情行当。待到见面，这位老师一再问她,她却什么都不肯说,摆出一副倔强的模样。女孩在微信里给老师发了这样几句话:好人,他是好人,王哥,买东西我,爸妈不愿意。字句颠三倒四,即使读到高中,聋哑人的文字表达也常常如此,但基本能够从这几句话看出事情的端倪。

"这就是聋性思维的表现之一,看问题单一化、表面化。一点儿小恩小惠,就能让一个聋哑女孩子付出巨大代价。"这位老师感叹道。

这里,他提到了一个词——聋性思维。他觉得正是这种思维,把聋哑人变成了"社会边缘人",变成唐帅所说的"另一个世界的人"。

"聋性思维表现之二,把想象当成现实。如果一个聋哑人有三次以上看见一对男女站在一起,经过一番'头脑演绎',他会认定那对男女是夫妻。事实上,那个男人是超市老板,女人是供货商。

"聋性思维表现之三,赖于断字或字面理解,答非所问。一个毕业后参加工作的聋哑人,晚上与一帮哥们儿玩,彻夜没有回家,家人打电话给单位,单位领导不会手语,笔述问他:'你昨天晚上为什么不回家?'他笔答:'昨天晚上有事。'领导笔训:'以后不能随便不回家!'他笔述:'我工作没有随便,今天可以不回家,加班工作,打电话告诉我妈妈放心。'那位领导目瞪口呆,因觉得无法交流而辞退了他。

"聋性思维表现之四,爱慕虚荣,重于表面,哪怕'打掉牙齿和血吞'。瞧,这也就解释了为什么你的朋友会看见穿着名牌的聋哑人出入高级消费场所了。"

那位聋哑学校的老师细致地告诉我,他所理解的"聋性思维"。

我所认识的一位心理咨询师则告诉了我,她所感知的聋哑人的性格特点。这位心理咨询师曾经失聪十年,通过安装人工"耳蜗"最终回归健听人行列,可是她却始终关注着这个群体的心理健康问题。

在这位曾与聋哑人有过"通感"的心理咨询师看来,这是一个有着某些特殊性格特征或者说缺陷的群体。

只要是残疾人,必定会因为身上的残疾而特殊,同时相伴而来的是特殊的生活环境、缩小的社交圈子,以及旁人看来"怪异"的个性特征。

她设定了一些场景,让我去感受聋哑人和健听人的差异:

——她(指聋哑人)睡临街的卧室,我(指健听人)睡不临街的。

——她的手机都是笔画输入法,电脑是拼音/五笔混合法。

——当我关上门的刹那,发现手机和钥匙都落家里了,心情自然低落到极点。当我惊喜地想起,家里还有人时,真想反身给自己一个大大的拥抱。可惜,当我那只敲门的手和门只有0.0001厘米时,脑中瞬间跳过一万只小蚂蚱,因为我猛然想起,就算今天把门敲出花来,她也听不到啊,听不到……

——停水是最可怕的。设想一下,只有她在家,水龙头忘关又突然来水时的场景……可以想象,家里静静流淌的一片汪洋,楼下邻居的满腔怒火,当然,还有她无辜的眼神。

——家里的电视经常是静音状态。有时,当我躺在床上刚要睡着,电视突然就很大声,莫慌张,压抑住心中那一万只即将跳出的小蚂蚱,平静地走到客厅,找到遥控器,按下静音键,转身,关门,睡觉。

——她叫我时，发出一声就行，我叫她时，无论多近，都得走到她旁边，拍她，然后交流。当然，拍的力度，决定了谈话的友好程度。

——她学生时代的作文基本都是我帮她写的。而现在，每当她要发朋友圈之前，都会把文字部分先发给我，来回改几遍再发。因为正常人看他们的语句，得把"脑洞"开大，再开大。

——和她出去购物，总会有些优惠。偶尔也会遇到一些蛮横的商家，他们的眼里对我们写满了嫌弃。

——和她用手语交流时，她的嗓子会发出吱吱啊啊的声音，路人总会投来疑惑的目光。每当这时，我都会装作看不懂的样子。

——每次遇到想了解她的好心人，这些人总会说些可惜啦、白瞎了啊之类的话。这种话到现在我都没给她翻译过。每当她问他们在说什么，我都会很肯定地告诉她，大家说你长得漂亮，然后她就做出恍然大悟的样子。

——小时候大家经常围坐在一起，教她如何发音。把她的手放在自己的喉咙上，放在嘴边，感受不同的音节带来的不同震动，妈妈、爸爸、爷爷、妹妹……她的每一次突破都会给周围的人带来莫大的惊喜和感动。

……

心理咨询师还特别提到了聋哑人的孤独感、自卑感和敏感。

孤独感是聋哑人最易产生的负面情绪。当周围的人谈笑风生，无意把只能一直沉默的聋哑人撇在一旁时，他们就会产生这种感觉。独自一人的孤独并不可怕，可怕的是人群中的孤独。"在公众场合，人越多，聋哑人就越难插进去，无论他多么想插进去凑凑热闹，但始终是不现实的。"而聋哑人却必须天天感受这种孤独。这种感觉就好像是：自己正处在一望无垠的沙漠里，无人来救。一天两天，还可以忍受，但是天天如此，难免心理上承受不住。久而久之，深刻强烈的孤独感不知不觉地深埋心中。聋哑人群体特有的孤独感，使聋哑人觉得"天下聋哑人皆朋友"——自己只有进入聋哑人的社会群体，才能真正体会到被理解、被接纳的快乐。

自卑感是每个残疾人都有的一种情感体验。残疾人在生理上或心理上的缺陷，使他们在学习、生活和就业方面遇到的困难比普通人要多得多，如果从他人甚至亲属那里又得不到足够的帮助，甚至遭到厌弃或歧视，就会产生自卑情绪。聋哑人通过与他人比较来认识自己的长短优劣，而性格内向的人往往愿意接受较低的评价，以"己之短"比"人之长"，消极的自我暗示抑制了交往中的自信。

同时，由于身上的残疾，容易使聋哑人过多地关注自己，因而对别人的态度和评论都特别地敏感，尤其是容易计较别人对他们不恰当的称呼。如称他们为"残废"，会引起普遍的反感；听力障碍者反对别人称其为"聋子"。如果别人做出有损他们自尊心的事情，他们往往难以忍受，甚至会立即产生愤怒情绪，或采取自卫的手段加以报复。聋哑人由于双耳失聪，仅靠双眼来观察社会和现况，因而是直观性的，难免只看到表面存在的现象,而不大去考虑实际面貌。在接人待物时,容易产生错误的判断,给他人和自己都带来难堪的局面。

"我深感,如果一个聋哑人,生活在听力残疾和由于失聪而导致的心理残疾的双重阴影下,活着将会是一件多苦多累的事啊!"那位心理咨询师对我说。

生活对聋哑人来说,的确艰难。虽然,聋哑人拥有与正常人一样的健康身体,工作的选择也要比肢残、智残多得多。正如前面所言,如果要在各类残疾群体中评选出一类最幸运的,那得票最高的无疑是听力障碍者。可是,现实并非如此,由沟通障碍和心理因素共同构筑的堡垒,将聋哑人隔绝在另一个世界里,这个无声的世界满是失望、伤痕、穷困和自弃。

这样来看,唐帅的父母曾经那样幸运,20 世纪 60 年代出生的他们,作为"重钢"工人的子女,国家就以"福利厂"的形式,给了他们一个饭碗。后来,更是生下了一个健康聪明的儿子。儿子不仅没有离开过父母所在的那个世界,还努力为那个世界打开一扇窗,努力让灿烂的阳光进入这方阴郁的天地。儿子还十分温暖贴心:他会发现母亲手上小猫的抓痕,及时带她去防疫站打狂犬病疫苗;他会识破父亲精心编织的小小谎言,但是不去点破;他还会在母亲不开心的时候带她去买衣服。"我妈很妖艳的。"唐帅跟朋友们说。

因为父母的特殊,唐帅的人生,注定也是特殊的。有许多东西,他永远不能置身事外。

结缘手语

随着对手语的不断学习探索，唐帅终于融入了那个父亲厌弃至极的"无声世界"。"这个世界充斥的是孤独、压抑、贫穷、自卑、愚昧、委屈和无数憋在胸中的呐喊。我有理由相信，即使是由这个世界生出的罪恶，也有情和因。"

1985 年 3 月 17 日,这一年的春天来得格外早,街上时髦点儿的年轻人已经换上了灯芯绒春装。微雨中的重钢医院,矗立在一座山坡上。年轻的父亲已经在医院的产房外焦急等待了十几个小时。从得知怀上孩子开始,这对聋哑人夫妻所有的注意力便都转向了这个小生命,因为他们孤寂了二十多年的生命即将迎来新的转机。所以,即使物资匮乏,他们也努力给这个尚在母腹中的小生命增加营养。孩子长得很大,折腾了一天一夜毫无动静,最终只好改为剖腹产。身为健全人的外婆用不熟练的手势比画着,让只能吱吱呀呀唤疼的女儿再坚持一下就好,丈夫则用惯常使用的手语示意妻子相信医生,一定会母子平安。

在唐帅出生之前,这对后天失聪的年轻夫妻就曾经为孩子今后的成长问题有过争论。丈夫一直觉得自己生活得特别压抑,尽管他有许多朋友——当然都是聋哑人,也都是穷人。他们抱团,但却被无情地挤压到某个被废弃的角落里;他们会大笑,但笑过以后,却有无尽的苍凉涌上心头。他希望自己的孩子健健康康的,然后进入健全人的世界,跟"无声世界"划清界限。丈夫的认知，也是一般聋哑人家庭的选择。健全父母与聋哑子女沟通不良，聋哑父母主动疏离健全子女，因为种种不得已，聋哑人的亲情总是淡漠。但是，妻子舍不得孩子，毕竟十月怀胎，血肉相系，自己生的孩子总想自己带着一点点儿长大，她不同意丈夫的想法。

手术室外是漫长而揪心的等待。终于，医生出来了，斜靠在墙边的父亲瞥见从生死门中闪出的白色身影，立即迎上去。父亲拉着医生的手，激动地用咽喉呜呜发着声，几乎忘记自己不能说话的事实。片刻，他才清醒过来，激动地在墙上画着"男""女"。这下，医生总算看明白了，她用手指在墙上比画了一个"男"字，接着，又体贴地伸出右手大拇指——健康。那一刻，年轻的父亲激动得几乎要哭了出来。

这个重达八斤六两的男婴，给这个聋哑人家庭带来了巨大的惊喜。母亲抱着历经磨难才生下的孩子看了又看。只读到小学四年级的父亲，兴奋地问邻居借来一本《新华字典》，熬了两个通宵，终于找出一百多个备选字。虽然对一个聋哑人来说，他对绝大部分字都"识其字不明其义"。一番艰难抉择之后，父亲拿起铅笔在"帅"字上画了一个圈，重重地。

帅，帅才。父亲从小就明白"元帅"的含义。在四岁因病失聪之前，他常常和小伙伴们一起玩打仗的游戏，男孩子都希望自己是被羡慕被崇拜被景仰的那一个。于是，那个小名叫"莽子"的胖男孩在出生一个多月时，有了自己正式的大名——唐帅。

"我生在一个无声的家庭，父母都是聋哑人。我出生以后他们都特别高兴，但与此同时，他们也坚决地给我贴了一个标签——健全人。他们觉得我应该属于健全人的社会，而不应该和聋哑人有任何交流。因为,他们觉得聋哑人是生活在这个社会最底层的人。"唐帅说。

母亲想要亲自照管孩子的坚持,最终被残酷的现实一点点儿打碎。

孩子的小床被搁在医院病房的窗边,毫无育儿经验的父母没有防备那洞开的窗户,以及径直灌入的料峭春风。孩子病了,高烧不退,是要命的新生儿肺炎。医生下了病危通知书,父母不知所措,却又无法与医生沟通,只能大哭。医生把唯一能拿主意的外婆叫到一边,劝她说服孩子的父母放弃。外婆断然拒绝了。老人知道,这个小生命对一个残疾人的家庭是多么可贵啊!此后几天,外婆每天都去求主治医生想办法救救孩子。父亲上班,母亲还没出月子,那时的重钢医院没有重症监护室,外婆把因为病痛而哭闹不休的小婴儿抱在怀中,吊针扎在小婴儿的脑门上,直接疼在老辈子①的心里。半个月以后,孩子活了下来。医生说:"大难不死,必有后福。"这是外婆第一次救了唐帅。

出院以后,孩子跟着聋哑的父母回到了金属厂里的宿舍,一个只有十平方米大小的房间。晚上,孩子和父母睡在一床大铺上,孩子被夹在两个大人中间。有一天,因为一个急事,外婆天不亮就跑到孩子这边。她用备用钥匙打开门,拉开灯,床上的夫妻俩都还在沉睡。外婆猛然发现,枕头的位置没有见着孩子的小脸,两个大人之间,是堆砌的棉被。她心下一惊,冲过去一把拉开被子,孩子的头露了出来。才三个月大的孩子泪痕满面,脸憋得通红,此时已经哭得发不出声音了。原来,熟睡中,厚厚的棉被挡住了孩子的脸,无论怎么哭叫,父母都是听不见的。外婆果

---

① 指外婆。

断地用一块毯子裹住孩子，抱起来，一阵用力拍打，直到孩子哇哇哭出声来。这孩子果真命大呀，外婆叹了口气。孩子的父母就这样目瞪口呆地看着整个抢救过程。这是外婆第二次救了唐帅。

一度认为自己有能力养育孩子的母亲，这回彻底认输了，明白自己必须也只能和别的聋哑人父母一样，疏离骨肉。

"没有外婆我绝对活不到今天。"唐帅如此感叹，"经过这件事，父母当下就决定把我送到外婆家抚养，让我与聋哑人之间隔绝开来。之后的几年，父母既不同意我跟聋哑人来往，更不同意我学手语。"

说是疏离于自己的聋哑人父母，回归健全人的世界，但实际上，作为聋哑人"小天地"的金属厂与重钢家属区相隔并不远，从外婆家走路到父母的宿舍，也就二十分钟路程。骨肉至亲，外婆也常常带着唐帅去看父母。父母那些不能说话的工友，看见"莽子"回来了，都会上前摸摸他的脑袋，捏捏他的小脸，或者在他小小的手心里搁一颗水果糖。但外婆记得孩子父母的嘱咐，她会在那些工友与小孩儿打过招呼以后，快速地拖着他朝金属厂宿舍奔去，走得很快，直到看见巷口拐角那棵高大的黄桷树，方才放慢脚步，叹口气。聋哑人工友心底纯正，孩子也确实惹人爱，可是孩子父亲千叮咛万嘱咐：孩子要走的是另一条路。他今后，可能是那群喜欢在晚会舞台上用力跳迪斯科的年轻男孩中的一个，也可能是那个从小轿车里出来，臂膀里夹着公文包的沉稳男人。他和他们的世界不一样。

幼小的唐帅，是多么渴望和这些满脸带笑比比画画的叔叔阿姨玩玩游戏呀。他们虽然和爸爸妈妈一样听不见也说不出，但却是有趣的、和蔼的。跟他们比,外婆成天都很严厉。外婆不大识字,干了一辈子粗活的她,甚至只能勉强写出自己的名字,但却深谙"黄荆条子出好人"的古训。在几次淘气吵闹之后,外婆还特意找了一根竹竿,精心制作了一根"黄荆条子",使得小唐帅胆战心惊。

外婆还教过唐帅,"出门看天色,进门看脸色",在吃"百家饭"和外出打工的日子里,唐帅受益匪浅。

"其实这也有好处,长大后为了生存我曾流落社会,如果没有外婆操着那根'黄荆条子'立下的土气但正确的规矩,或许我已经走上了另外一条路。"

比如,在很多女孩子看来,已经颇有成就的唐帅是个有点儿会"撩"的年轻男人,可是他从来不会去做任何触碰底线的事情,"假如跟他单独在一个房间,他身上纯正的气场不会产生任何暧昧。"

亲情的疏离与生活的无奈,令唐帅小小年纪便开始思考一些深沉的问题。小时候,舅妈的一个姐姐和他逗着玩,他问道:"阿姨,为什么人会出生,会长大,会死?"听闻一个三岁孩童如此说,年轻女士惊诧道:"帅帅,你不正常啊。"同龄小孩子玩风筝、玩气球、玩"小手枪",唐帅坐下来想事情,想那些他一时无法想通的事情,一坐就是大半天。

"直到现在,我也跟不上同龄人的节拍,比如追剧、玩'王者'什么的,我统统不感兴趣。所以,我更愿意跟比我年纪大许多或者小很多的人交往。"

因为一个偶然的事件,聋哑人的世界再次向唐帅开放。

唐帅四岁那年,有一天,父亲突发急性阑尾炎。身强力壮的父亲之前从未爆发过如此剧烈的疼痛,全家人都吓坏了。大家一起把他送到医院。按照惯例,医生会对腹痛的病人首先进行触诊。

按按左腹,往下移一点。疼吗?这里。医生问。没有回答,有的只是咿咿呀呀的叫唤。

按按右腹,下到靠近腹股沟。这里,怎么样?你倒是说说呀!医生有些急了。病人却依旧只是叫唤和挣扎。

时值炎夏,检查台上铺着白布单,稍有水渍便会非常明显。剧痛与酷热,使得翻来覆去打滚儿的父亲浑身大汗,衣服和身下那张白布单全部湿透。

直到外婆办好入院手续,从外面进来,才赶忙跟医生说:"他呀,是个聋哑人,听不见你的问题,也说不出来。"

说罢,外婆开始艰难地与父亲用手势交流那些医生关注的问题:你哪里疼?疼了多久了?

其实,外婆只会一些粗浅的手语,也仅限于一些日常所需的简单交流,比如端碗、吃饭、睡觉等。唐帅的母亲十一岁才上学,读的聋哑学校,寄宿在亲戚家。

"绝大多数健全人父母是无法与聋哑人子女进行深度交流的。"唐帅告诉我。

等病情最终确定,父亲已经痛得几近休克。

几天后的晚上,外婆主动跟唐帅讲:"孩子,你还是要学会手语,为了你的父母,毕竟将来他们还得靠你。"

"从那个时候开始,我就知道沟通有多重要,虽然我刚满四岁。之后，外婆就告诉我，你要好好学习手语，如果连你都不能和你的父母沟通，以后他们老了你要怎样赡养他们？你要怎样带他们去看病？所以当时我就下定决心，一定要好好学习手语。"唐帅说。

父母依旧抗拒唐帅与聋哑世界接触，他们不愿意教自己的孩子学手语。"每每跟父亲表示要学，他就一脸反感的样子。虽然我知道，作为残疾人，他内心深处还是希望老来有所倚靠。"

但孩子天性活泼，喜欢蹦蹦跳跳，喜欢东跑西跑，大人也有看不住的时候。于是，读学前班的"莽子"，每天放学后，都会揣着自己的小秘密，沿着再熟悉不过的路径，跑到父母工作的福利厂去。

"莽子"可是个白白胖胖、对谁都一脸甜笑的乖乖呀，厂里的聋哑人都很喜欢他。叔叔阿姨们逗他，打着手势，最初他都看不懂。但是，一旦跟日常生活挂钩，一切就明了了。比如，开始没有弄懂一个叔叔想要表达的意思，后来这个叔叔打开柜子拿出一个苹果，然后再打手势，"莽子"就明白了，这是在问他吃不吃苹果。那时，金属厂没有食堂，工人们都自己带午饭，肉是稀罕物。看见"莽子"来了，也会有人拿出自己的饭盒，比画，然后打开，夹起一片肉，"哦，他是在说，莽子，我今天带了好东西。你看，炒肉片，给你吃。"

在金属厂里，和那些叔叔阿姨相处的各种小细节，让幼小的孩子一点点儿掌握了手语的各种词汇和表达。从简单的"你好""谢谢"，到不发一言仅用双手就能表达出完整的句子。

小唐帅悄悄地"偷学"，也引起了金属厂厂长的关注。和唐帅一样，这位女厂长也是一对聋哑人生育的健全人孩子，她支持唐帅想要学手语的想法。厂长习得很好的手语，当仁不让地成了唐帅的老师。小唐帅学东西很快，几乎过目不忘。不久，在厂里开职工大会的时候，女厂长就让小唐帅站在身旁，她比画手语，给聋哑人职工看，唐帅则负责翻译这些手语给健全人职工听。

"跟那些叔叔阿姨学习手语，是背着我父母的，他们完全不知道。但那些叔叔阿姨都挺喜欢我，就想方设法维护我。等到厂长出面支持，我父母就没再说什么了。"

到上小学，嘴灵心活的唐帅俨然已经成了金属厂里健全人和聋哑人联系沟通的纽带。这个小小翻译，会陪着聋哑人去医院，给医生翻译他们的病痛，会陪着聋哑人到银行存钱取钱，还会替受委屈的聋哑人理论。但更多的时候，是帮助厂里的聋哑人与家人沟通，毕竟，家里的那本经最难念。

唐帅父母住的那栋楼里有很多聋哑人，他们为了家长里短，常常会找到唐帅。特殊的出身和机缘，使得这个小男孩很早就懂事了，他知道这个社会上有很多不好的事情，或者被人唾弃的事情。比如，离婚。为什么不好呢？瞧，大人聊天时常常说到这个词，再配上一脸鄙夷的表情，哦，那件事很不好。再看，舅舅和舅妈谈恋爱结婚生孩子，是正常又幸福的事，大家都在祝福。

父母楼上的一对聋哑人双职工，结婚不过一两年，就从争吵打闹发展到不想一起过，女方找到自己的父母，想要陈述自己所受的委屈，同时表达离婚的意愿，可惜怎么也没办法深层次交流。于是，女方找来唐帅做翻译。岂知,这个小学二年级的孩子,在给大人翻译时,把那些负面消极的言论尽量不翻或换个说法。"我曾亲眼看见我的父母发生矛盾,不通手语的外婆沟通不力,结果矛盾进一步激化。"争执中,那对小夫妻表扬唐帅好可爱,唐帅便乘势用手语告诉他们,"你们也可以生一个可爱的小孩子"。最终,那对赌气的夫妻没有离成婚。

"那时,我还不知道,就像全国各地都有不同的方言一样,手语也是有方言的,很复杂。自然手语是方言手语的集合体。"唐帅告诉我。

十岁的时候,父母的一个聋哑人同学从上海来家里做客。那天唐帅刚好在父母这边,见到小男孩好奇地立在大人身边瞪大眼睛瞧着。老同学先是问唐帅父母,孩子会不会手语,唐帅在一旁很得意地点点头。但是,在看大人们交流的过程中,他发现"客人的手语跟我们有点儿不一样"。客人似乎为了考考唐帅,做了一个陌生的手势,然后再用手语问唐帅:这是什么意思呢?唐帅答不出来。原来,那个陌生的手势,是用上海方言手语表达的"上海",与重庆方言手语的表达截然不同。从这位客人那里,唐帅了解到,在中国,每个地方的手语都存在地域差异,"幸亏及早了解到这一点,否则只懂点儿重庆方言手语的我,就是只'井底之蛙'。当时我就想到,要尽可能多地学习各个地方的方言手语。"

学习不同地方的方言手语,需要遇见外地来的聋哑人。重庆是个码头城市,那个年代来重庆旅游的人,一般都是到解放碑或者朝天门。于是,唐帅便利用周末和假期到这些"重庆地标",专门去碰外地来的聋哑人。

"我就到那些地方守株待兔。只要看见背着背包,用手语进行交流的游客,我就上前去跟他们搭讪,跟他们学习当地的一些手语。"唐帅说。

可爱的孩子总是让人放松警惕,初来乍到的聋哑人,见到这样一个愿意学习手语的孩子,都会特别热情。很多人甚至会拿几块钱给唐帅,让他给人生地不熟的自己做个小导游,到不远处的储奇门、十八梯等景点游览。用这样的方式,唐帅短短几年间就接触并学习了全国七八个省份的方言手语,"方言手语太复杂了,直到过去很多年,我到公安局做'手语翻译'期间,都还在学。十多年的时间,我几乎接触和学习到了全国各个地方的方言手语。"

到了 2010 年左右,自然手语的形式差不多在全国都固定下来了。

看到这里,有人会问,固定下来的自然手语是不是就是咱们在电视新闻上看到的,常常在左下角出现的同步手语播报?答案是否定的。电视播报用的是普通话手语,属于手指语类,核心是用拼音来表达名词。同时,手语播报也不可能与口头语言完全同步,它只能表达一个粗略的情况。实际上,因为受教育水平的制约,聋哑人基本上也不会用到普通话手语。普通话手语作为官方手语,一般用于聋哑学校教学、大会翻译、新闻播报等场合。

而由方言手语集合而成的自然手语是手势语,是象形的,因此被聋哑人普遍使用。自然手语与普通话手语语法完全不同,表达顺序也不一样。

随着对手语的不断学习探索,唐帅终于融入了那个父亲厌弃至极的"无声世界"。"这个世界充斥的是孤独、压抑、贫穷、自卑、愚昧、委屈和无数憋在胸中的呐喊。我有理由相信,即使是由这个世界生出的罪恶,也有情和因。"若干年后,唐帅站在刑庭的辩护律师席上,总会这样说,"他们是社会的边缘人,生存对他们来说太难了,他们甚至根本不明白法为何物。我们要做的,首先是教育、是挽救、是引导。何况,我国刑法的本意宗旨,惩罚在其次,最主要的还是教诲,让绝大部分人拥有改过自新的机会。"

在尚未进入唐帅的工作生活之前,我在网络上看过他在"一席"题为"一个人的自由和生命都掌握在你手上,你给我靠猜?"的讲座。读之,一股悲悯和愤懑之情扑面而来。

"既然老天让我生在了一个聋哑人的家庭,接触到'无声世界',那么老天是什么意图呢?现在我明白了。"

硬币两面

　　"读"和"不读"像一枚硬币的两面,在唐帅心中反复抛出无数次。最后一次"抛币",是在高三的第一次模拟考试之后,唐帅的成绩依然出类拔萃,此时他也拿到了一份各大院校前一年的招生简章及收费情况。学费的数额呈现在眼前,他确定,这个大学他读不起。最后一次的硬币落下,朝上的面是放弃。

聋哑人和他们的孩子，在这个世上很难很难。

1993 年，在国企改制的狂潮中，小小的金属厂年年亏损，濒临破产。就在这一年，唐帅的父母双双下岗。值得一提的是，也是在这一年前后，全国多地的福利厂面临的形势都很严峻，资不抵债，大批聋哑人纷纷下岗。那时，开始有不怀好意的健全人盯上了这个人群，利用聋哑人进行盗窃、抢夺等违法犯罪行为，反正他们说不出话来，至于"幕后真凶"，公安机关一时半会儿是查不出来的。而聋哑人本身喜欢"抱团取暖"，一旦尝到违法得来的甜头，发觉钱那么好"挣"，本就薄弱的"三观"很容易就变质了，最终走上犯罪道路。在唐帅十几岁的时候，就有派出所找到他，让他帮助被抓获的犯事的聋哑人陈述案情。"手语翻译"的起点也由此开始。

唐帅的父母是老实人，虽有一身焊工钳工的手艺，但因为聋哑的缺陷，下岗以后就没有了再就业的机会。唐帅外公外婆的生活也陷入困顿，因为几个子女都面临下岗的问题，老人微薄的退休金成了一个家庭主要的生活来源。唐帅现在还记得,那时外婆生病都不敢去医院,因为害怕昂贵得不能报销的检查费和药费,于是常常自己找偏方。比如,她患有严重的糖尿病,听人说黄豆渣有疗效,就去早餐店搜集人家打豆浆剩下的渣滓,拿回家当药吃。

唐帅十四岁回到父母身边,开始在福利厂吃"百家饭"。那时他念初中,成绩非常好,可惜却常常拖欠学费,"记得班主任老师常常在讲台上敲着教鞭,催促几个还没缴学费的快点儿了。你问我会脸红吗?不会了,已经习惯了。"

福利厂的人都知道,唐帅的父母常常跑到外地朋友那里"混饭吃",唐帅的外公外婆长期买菜市场的"尾巴菜",外公一到傍晚就出现在菜市场,所以在小贩们那里"很出名"。

"有一年我过生日,外公问我想吃什么,我告诉他我想吃苹果。外公说你等着,结果生日那天晚上的八九点钟,外公真的拿回来了几个苹果,但每一个苹果都有洞洞眼眼,没有一个苹果是完好的。"唐帅回忆道。

也就是回到父母身边没多久,唐帅放学后就开始打工。先是推销当时流行一时的品牌冰淇淋"美登高",卖出一盒提成一分钱。

啊,美登高!曾经,美登高留给我的印象是那样美好,我通常在放学后用父母给的零花钱买来吃,后来的回忆也满是冰爽奶香。比我小六岁的唐帅,对于"美登高"的回忆,却是另一番模样:生活的苦涩难言,路人的鄙夷白眼,烈日下的口干舌燥,一整箱的冰淇淋但没有一支属于自己。

后来唐帅又开始做家政工,随着商品房建设进一步扩展,这种临时的劳动力需求变得很普遍。放学后,唐帅就跟着一个阿姨一起干,甚至相对于文化课来说没那么重要的课,比如音乐、体育等,唐帅都直接请假。十五岁,这个小小少年的身高已经有一米七了,他时常提着一只装着各种打扫用品的塑料桶,走得风风火火。但业主看着这个一脸诚恳的少年依然心存疑虑:这孩子太小了呀,这么小的男孩子不都是应该在父母身边撒欢淘气吗?再说,男孩子做清洁做得干净吗?为了打消业主的疑虑,唐帅认认真真打扫屋子里的每个死角,甚至把厕所的坐便器都擦得锃光瓦亮。

家教,唐帅也干过。这么小的男孩子在社会上拼着,难免会有很多委屈,但他对家人从来"报喜不报忧"。他每天早上背着书包出去,晚上 9 点才满身疲惫地回家。但父母并未察觉什么,那时他们也正为自己的生存犯着难。孩子的奋斗目标是能够念书,这个目标比起生存更高远。

有一个月, 唐帅挣了五块钱。用三块钱买了一件很花的女式无袖 T 恤,带着传统的花纹,充满历史印记感;用两块钱买了一包香烟。不用说都能知道,这都是给谁准备的礼物。

"所有的老辈子都希望我能一直念书,念到大学。对我,不管世事如何,他们永远揣着最美好的祝福。"唐帅说。

唐帅的爷爷有过两次婚姻,第一次婚姻他有了一个女儿,跟着前妻,很多年不曾见面。唐帅的父亲是爷爷第二次婚姻生下的孩子。据说,在唐帅念高二的时候,父亲失散了近四十年的异母姐姐找到家里来。看见父亲又聋又哑的模样,这个姐姐一时竟不知所措,因为她上一次见到这个弟弟还是在他两岁的时候,那时他还是个健康的孩子。恰在这时,外婆走上前来,说了一句话:"瞧,帅帅,你姑姑家条件这么好,这下你读书有法儿了。"

就是这句话,吓得这位前来认亲的姑姑立马转身回了江北。从此姐弟俩老死不相往来,哪怕两人都在重庆主城区,相隔不过二十多千米。唐帅读高三时,爷爷为了给孙子解决学费问题,颤颤巍巍地找到江北,姑姑甚至连门也没给开。2017 年,爷爷去世。一生穷困劳顿的老人临终前偷偷在枕头里藏了两百块钱留给唐帅,尽管那时唐帅已经是律师事务所合伙人、区人大代表了。唐帅用这两百块钱打了一个银质脚链随身戴着,作为对爷爷的纪念。后来,他还帮助姑姑的儿子找到一份工作,"想想也正常,所谓世态炎凉,雪中送炭的本来就不多。但是恩仇总不能记得太清。"

到了 2004 年,大学早已开始扩招,普通二本院校的学费已经涨到一年一万多。唐帅明白,因为学费的关系,自己终究难以迈进大学的门槛。但是,对一个天资聪慧且学习成绩一贯优异的男孩子来说,要一下子放弃也是需要勇气的。何况,对穷人家的孩子来说,读大学是出人头地最有效可靠的途径,如果弃学,未来的路将会更加艰险不可测。"读"和"不读"像一枚硬币的两面,在唐帅心中反复抛出无数次。每次,当他有了主意,某件小事一下子又能颠覆这个决定。就像有一回他刚有了放弃读书的念头,就在这时,数学老师却让他给同学们做"小老师"上台讲解习题。一得意,"那个念头一下子就被打消了。"

最后一次"抛币",是在高三的第一次模拟考试之后,唐帅的成绩依然出类拔萃,此时他也拿到了一份各大院校前一年的招生简章及收费情况。学费的数额呈现在眼前,他确定,这个大学他读不起。最后一次的硬币落下,朝上的面是放弃。

他请求家里最善解人意的舅妈冒充母亲去学校帮他退学。舅妈一开始很震惊,不肯答应,但唐帅的恳切和现实最终打动了她,"按照我的家庭条件,我即使考上大学也没钱去读,结果一样,还不如早点儿退学出去闯一条路子。俗话说,条条大路通罗马。我肯定要念大学,只不过不是一步到位。别人是先念书后工作,我只是把这个顺序颠倒一下。"当然,唐帅后来真的重新踏进了大学校园,这是后话。在退学后,虽然舅妈帮着极力隐瞒,敏感的外婆还是很快觉察了。在一场痛哭之后,老人慢慢接受了现实,她对即将去闯荡社会的少年唐帅只反复叮嘱一句话:不管做什么,千万不要学坏。

2004年初春,十九岁的唐帅带着开卡拉OK厅的张大姐资助的一千五百块钱,坐火车去了上海。他想成为一个歌手,他爱唱歌,嗓子好,天分高。适逢上海"亚洲音乐节",他参加比赛,一口气拿了包括"优秀青年歌手"等在内的四个大奖。千里之外的张大姐的卡拉OK厅沸腾了,因为唐帅的号召力,一下子客人如潮;唐帅的内心沸腾了,他感觉不久的将来,他将星路灿烂。乘胜追击,他紧接着报名参加了"星光大道"初赛,很快,他收到了《星光大道》栏目组的出赛通知,但出赛需要路费去北京,还有许多自掏腰包的支出,总共得好几万,甚至连张大姐都一时无法筹措这么大一笔款项。"那时《星光大道》才开播,如果我真的走上了那条红毯,也许我的人生际遇会是另一番模样。但或许,冥冥之中,上天已有安排。"唐帅说。

也是在2004年,唐帅回重庆期间,接到一位传媒公司老板的邀请,常常去录音棚录歌。"一次,他拿出一首歌,是一位著名的作曲家写的歌,但是我必须出五万块钱才能买下这首歌,作为版权费。"老板在一旁极力劝说:咬牙买下吧,说不定凭这首歌就一炮而红了呢?而唐帅在硬邦邦的五万块钱跟前,终于明白,自己的出身和家庭是不适合"玩艺术"的,唱歌最多只能让他混口饭吃。

唐帅去了北京,传说中那个地方遍地黄金。他想找个酒吧当驻唱歌手,可是一去应聘,老板们都会问:"你有乐队吗?你有伴奏带吗?"这样一连找了五六个酒吧,都是碰壁。最后,一家酒吧接纳了他。酒吧的老板是个女人,她很同情唐帅的遭遇。在这家酒吧,唐帅除了唱歌,还兼着服务员和清洁工,吃住在酒吧。试用期五十块钱一天,转正后两百块钱一天。

在这里的前三天,唐帅每晚唱两首歌,客人们反响很不错。第四天,一切似乎都挺好,唐帅松了口气,也决定去转转北京城。他去了闻名已久的王府井。岂料还没有逛到步行街,就看见一个孩子,沿路在垃圾桶里翻找塑料瓶、易拉罐之类的,唐帅看得难受,便上前询问。孩子告诉他,自己今年十三岁,来自河南洛阳,到北京打工。问起孩子小小年纪为什么不读书,那孩子哭得很伤心。原来,孩子的父亲已经去世,家中缺劳动力,三个孩子当中他最大,必须由他来打工养家。之所以来北京,是因为父亲生前就在北京做工,父亲说过北京可好了,他一直记着父亲的描述,所以就来了。孩子夏天来的这里,住在地下通道,成天靠捡瓶子挣口粮,及至 11 月的天气,还依然穿着短袖和单薄的裤子。

"看着冻得瑟瑟发抖的孩子,我立时做了一个大胆的决定,把这孩子带到我住的地方,然后将带来的三件毛衣全都给了他。因为我马上每天就能挣两百块钱了,什么都买得到。"这是唐帅的冲动,或者说是仁义。在后来的律师生涯里,这样的冲动或仁义常常出现,虽然经常给唐帅招来许多麻烦,甚至是危险,但他从不后悔。就像送完这三件毛衣以后发生的事情。

"行侠仗义"之后的"暗爽"伴随着唐帅度过了愉快的一天。一切都好。但那天晚上酒吧打烊以后，突然来了三个壮汉，二话不说就把唐帅一顿拳打脚踢，末了扔下一句话：你胆敢还在这里待着，见一次打一次。这时唐帅才知道，因为酒吧聘用了他，让这几个东北人的"二人转"落了空，他们是来报复的。满身伤痕的唐帅只能含泪向老板辞职。临走，好心的老板给了他五百块钱。

就在他踏出酒吧大门的时候，他随身携带的旧手机响了，是外婆打来的，关切地问他在外面过得好不好，天气转冷，一定要多加点儿衣服。唐帅一口一个好，把自己在北京的日子夸到了天上。挂掉电话，一阵冷风吹来，他紧了紧身上的单薄外套，泪水哗哗地流下来。他整整哭了一个钟头，在一个没人经过的巷角。

接下来的几天，他徘徊在北京外国语大学的门口，想找点儿事情干。偶尔，也会翻翻手机上的电话簿，看看有没有可以求助的熟人。无意中，他翻到了一位老同学，好像当年考大学考到了北京昌平。因为很久没有联系，唐帅只能试着给他打电话，没想到的是，电话居然很快接通了，更没想到的是，老同学当即出手相助。在静静地聆听了唐帅的遭遇之后，老同学提出了几个方案，其中包括到昌平去找他。唐帅从此寄住在这位老同学在昌平的宿舍里。一段时间以后，唐帅发现了一个商机：偌大的校园，一到饭点，食堂总是没什么人。他一打听才知道，原来大家是嫌食堂的饭不好吃才出去凑伙吃。于是，唐帅萌发了卖盒饭的想法，老同学很支持他，还设法帮他凑了两万块钱。唐帅的生意很是火爆，十块钱一荤两素,叠得高高的饭盒最后总是卖得光光的。几个月时间唐帅就挣了三万多块钱,还了两万,还净剩一万。眼看着忙不过来,唐帅还特地把原先和他一块儿做家政的阿姨从重庆叫过来,租了房子,两人一块儿做盒饭生意。

"可惜真相总是颠覆性的,哪怕这种残酷真相的根基是善意、是怜悯,你都完全无法接受。"

一天午后,唐帅去老同学宿舍玩,上楼的时候,发现每个楼层的拐角都有一个大垃圾桶,看上去满满当当,盖子被白花花的盒饭外壳顶得开了一条大口子。走到四楼的时候,一种无法抑制的好奇心和冲动,变成了某种莫名的驱动力,促使唐帅猛地上前揭开垃圾桶盖子。一瞬间,数个盒饭的外壳同时爆开,里面是胀鼓鼓的原封未动的饭菜——这是他中午刚卖出去的。唐帅的内心剧烈颤动,他快速地打开其他的盒子,同样是原封未动的饭菜。

"我疯狂地冲下楼,揭开每一个垃圾桶的盖子,里面是一样的,一样的被丢弃的原封不动的盒饭。原来,它并不是合乎大家口味的合格的饭菜,驱使大家买它的,仅仅只是同情心。"

真相大白,要强的唐帅再也不愿做盒饭。他把手头赚的三万多块钱在北京批发了衣服,然后带回重庆卖,赚了八万,又用这八万块钱盘下了一个酒吧。酒吧经营得很好,承担了唐帅下岗多年、四处讨口饭吃的父母的生活费,也承担了唐帅的学费——通过自考,唐帅读了西南政法大学的法学专业,实现了他退学时对舅妈的承诺:"别人是先念书后工作,我只是把这个顺序颠倒一下。"

那一年,唐帅二十岁。

手语翻译

　　年轻的唐帅严格要求自己，做一个好的手语翻译，做一个奉公守法的公务员，守住良心，端稳铁饭碗。但是，他却一次次被聋哑人这个特殊群体所震动，最终忍不住开始思考：自己站的位置是不是离这群原本最熟悉的人太远了。

2005 年，在唐帅选择高等教育自学考试专业的时候，是大渡口区残联的领导鼓励他学法律的，因为那时唐帅刚刚考取了手语翻译证。从小与聋哑人打交道的经历，让这些最了解他的人都认定，他可以为聋哑人"主持公道"。最关键的是，这个刚刚二十岁的男孩已经能够随时"设身处地"地为聋哑人着想了。甚至在他当时开设的酒吧里，也招聘了聋哑人服务员。

　　"我希望社会能给有劳动能力的聋哑人一个饭碗，让他们好好生活。"唐帅说。

　　2006 年，唐帅到一位旧雇主家中做客。当年，唐帅在高中业余时间做家政时，这位叔叔待他极好，不仅仅是酷热天气里的一根冰棍或是一瓶冰镇矿泉水，还有许多暗中的关怀，生怕触痛少年脆弱的自尊。唐帅对每一个善待过他的人都是心存感激的。那天，唐帅前去看望这个叔叔，恰好碰到一位区公安局局长在他家里做客。言谈间，当叔叔介绍唐帅"手语特别好，跟聋哑人交流一点儿问题都没有"的时候，那位公安局局长睁大双眼,希望的光芒在他眼中闪烁。

"要不,小伙子到我那里去试试?!"

原来,公安局前段时间抓获了一个聋哑人盗窃犯罪团伙。为了查清案情,局里专门请了两位聋哑学校的老师来做手语翻译,半个多月下来,审讯工作并没有大的进展。两位翻译支支吾吾,案情依然像谜团一般。

唐帅抱着试一试的心态接下了这桩"难活"。面对一群聋哑人惯犯,唐帅熟练地以方言手语交流,表情自然放松。同理心使然,对方也慢慢放下了戒备与顽抗。四十多分钟后,案情的审理有了重大突破。

"我跟那些聋哑人沟通良好,手语交流毫无障碍。最重要的是,他们信任我,因为我深谙他们的心理状态和价值观。"唐帅是这样解释他的"有案必穿"的。

"一战成名"之后,作为经营酒吧的自由职业者,一身时髦的唐帅常常被重庆各区县乃至市公安局请去,帮忙审理与聋哑人相关的案子,结果也一定是"有案必穿"。设身处地,人心换人心,当然能问出真话。一年之后,唐帅的名字被警察们所熟知。因为很多人都没有见过他,所以,当时的重庆警界流传着许多关于他的传说:一说,唐帅是个长相油腻的中年男子,有一双闪着诡异光芒的眯缝眼,脱发厉害,是个"地中海";一说,唐帅之所以"有案必穿",是因为精通"催眠术",他会用他那双诡异的眯缝眼盯住犯罪嫌疑人的眼睛,对方在抬眼的一瞬间,就被控制了,于是,在半梦半醒之间,对方有问必答。

也就是在 2006 年年底,唐帅正式担任重庆公安系统专业的手语翻译，参与到聋哑人刑事案件的翻译工作中去。在那里，他干了将近七年。

因为父母是聋哑人，自己从小生活在聋哑人扎堆的福利厂，少年时代就开始为聋哑人"主持公道"，唐帅很了解"哑巴吃黄连，有苦说不出"的苦衷。但直到他真真切切地密集接触了上千个与聋哑人有关的案件，才知道这块"黄连"究竟有多苦。

"在担任手语翻译的七年间，我发现，因为聋哑人的沟通不便、沟通不畅，导致在他们的诉讼及法律生活当中存在很多不公平，甚至是冤假错案。"

并不是每个手语翻译都像研习法律的唐帅那样专业。

根据我国法律规定，聋哑人参与诉讼，司法机关应当聘请手语翻译。手语翻译很冷门。所以，在实际案件当中，司法机关往往都是到聋哑学校去聘请手语教师在案件中担任手语翻译。由于这些手语教师对法律术语不甚了解导致翻译不精准，而且他们掌握的只有规范的普通话手语，但很多涉案人员用的都是方言手语，这样就很容易造成翻译偏差。

"其中，手语沟通的问题最大。"唐帅告诉我。

前面介绍过，我们国家的手语目前分为两种。第一种是普通话手语，就是大家平常在新闻联播上看到的那种手语。还有一种是自然手语，就是全国各地"方言手语"的一个集成。普通话手语的使用范围很狭窄，仅限于新闻、大会的翻译，以及学校的教学，而社会上百分之九十五以上的聋哑人使用的都是自然手语(含方言手语)。两者有着巨大的差别。

以"上海"这个地名为例，正是由于小唐帅第一次发现重庆和外地

"方言手语"表达这个词汇的手势完全不一样,从而开启了"八方学语"的历程。自然手语由于方言差异尚且如此,普通话手语和自然手语对同一个词汇的表达显然更加不同。

两者最大的区别在语法上。比如叙述一句话:"今天我要到妈妈家去吃饭。"用普通话手语表达,语序是一样的,就是正常人说话的语序。但如果用自然手语叙述这句话, 它的语序则是:"今天吃饭我妈妈家去。"所以,当这两种手语进行交流的时候,常常"文不对题"。

有人会说,既然手语翻译不得力,那么让聋哑人直接通过写字来表达呗,毕竟真正不识字的也少。

"偷的,他说没抢,五天,女的头发长。"听说一个聋哑犯罪嫌疑人是个初中毕业生,警察拿纸笔让他写案发情况,写出的却是"词不达意"的文句"碎片"。

所以,不仅仅是手语表达,就算变成文字落到纸上,聋哑人写一个句子的语序,在常人看来也十分凌乱,令人费解。

归根到底,一切还得靠手语翻译。

"一个人的自由和生命都掌握在你手上,你给我靠猜?"唐帅曾在一次演讲中激愤地说。

有时候,翻译人员的翻译错误,会直接影响检察官或者法官的判断。

有时候,由于手语翻译不通方言手语,会导致庄严的庭审都被迫"中断"。

那是2016年11月,北方的深秋到处都透着寒意。新疆乌鲁木齐市水磨沟区人民法院正在审理一起扒窃案件，庭审从当天上午 10 时 30 分开始，直至晚上 11 时 40 分才结束。其间，庭审一度被迫中断，场面失控。

与一般案件不同，这起扒窃案的犯罪嫌疑人除一人之外都是聋哑人。"有一个聋哑人提出弄不懂手语翻译人员的翻译，随后，审判长对所有聋哑人被告进行了询问，都表示'只懂一半'。"谈起休庭的原因，代理过此案的河北某律师事务所李姓律师说道："休庭，是想办法解决沟通的问题。手语老师的翻译能力大家是相信的，但手语存在方言的差异，也是五花八门。庭审实在没办法进行下去了。"

还有的时候，"这些请来的手语翻译的背景，以及他们跟被告、原告的关系都没办法完全调查清楚。"

手语翻译在聋哑犯罪嫌疑人面前"地位显赫"，毕竟所有的口供和是非曲直都依靠手语翻译的"一张嘴"，少数无德的手语翻译会趁机向聋哑人索要钱财。

"这是真的，刚开始有多次'进宫'的聋哑人对我讲'花钱消灾'的事，我很震惊，完全不敢相信。后来我出来做律师，在看审案视频时，竟然发现有手语翻译打着手势和犯罪嫌疑人讨价还价：五千，我待会跟警察往好里说。啊，三千？三千不行，太少了。"唐帅告诉我，"当普通人遭遇到莫名的指控时，会用尽所有语言为自己辩护、为自己证明，但聋哑人不行。因为自身生理缺陷，连捍卫自己的清白都变得特别困难，他们的发声需要跨越太多障碍，很多时候还会遭遇恶势力，不得不低头。"

年轻的唐帅严格要求自己，做一个好的手语翻译，做一个奉公守法的公务员,守住良心,端稳铁饭碗。但是,他却一次次被聋哑人这个特殊群体所震动,最终忍不住开始思考:自己站的位置是不是离这群原本最熟悉的人太远了。

"我不只为那些犯了错的聋哑人难过,更为那些备受欺凌却有苦难言的聋哑人、那些可怜人心痛。"

当聋哑人的权利受到侵害时,绝大多数人只能有苦也往肚子里咽。

比如,聋哑人被拐卖进黑砖窑当奴工,除了任人宰割,他们别无办法。如果没有被救出来,等待他们的就只有死亡。

即使在正规的企业工作,遇上老板拖欠工资、克扣工资,聋哑人也无处伸冤,明明心里急得像热锅上的蚂蚁,却连一句求助的话都无人能懂……

有一个新闻曾报道,一家配件加工厂的老板,为降低人工成本,在招工时特意选择一些能干活且技术不错的聋哑人。于是有七名聋哑人,于2013年12月进入这家配件加工厂工作。后来,由于企业在销售过程中存在问题,出现了严重的亏损,从2016年年初就发不起职工的工资了。七名聋哑人被迫离开后,多次向老板索要工资,均遭拒绝。2016年5月,七人将老板诉至法院,要求对方支付所拖欠五个多月工资七万六千余元。经过法院多次调解,双方最终达成了调解协议,约定企业老板于2016年12月31日前一次给付七人七万四千余元工资款,并承担系列案件的诉讼费用。然而,老板到期并未履行。为此,七名聋哑人于2017年6月申请强制执行,而老板却玩起"躲猫猫",避而不见……

七年间,唐帅在公安局担任专职手语翻译期间见证了无数聋哑人的悲情故事。同时,他发现:"我接触了上千个与聋哑人有关的案件,但是,会手语的律师却一个也没见过。"

并且,即使配备手语翻译,律师们也很难与聋哑犯罪嫌疑人交流。因为,通过手语对地名和法律专业术语进行翻译更是难上加难。一个简单的例子,如看守所、监狱,在法律案件当中的意义是截然不同的,但在手语翻译中却可以用同一个词代替。

——我精通手语,学的是法学,那么,我可不可以离那群求告无门的聋哑人更近一点儿?

手语律师

　　"聋哑人的犯罪率到底有多高？事实上，它远远超过了现在国家很重视和关注的未成年人犯罪。"唐帅接触的上千个案子都表明，一个聋哑人如果参与了刑事犯罪，那么，他的前科往往就不止一次。

"唯一的解决办法是精通手语的律师出现,能够准确地翻译手语和法律专业术语,这样公平和正义才不会打折扣。"萌生这样的念头之后,唐帅一刻也没有耽搁。2012年,他顺利通过司法考试,获得法律执业资格证书,成了一名律师。

　　最近,有一位专业催眠师听说唐帅连夜里调了静音的手机振动一下,都能马上醒过来并且立刻查看,生怕漏掉任何一条求助信息,便认定唐帅是患了"由情怀引起的强迫症"——前文我也曾引用过这个词。

　　唐帅听闻,置之一笑:人没了情怀,还怎么活?

　　唐帅装在心里的情怀——那些从小积累的疼痛、遗憾、委屈、感动、愤懑、仁义,能促使他做出常人看来无法理解的事。

　　最终,他于2012年从公安局辞职,放弃了做公务员,"挥挥手不带走一片云彩"。七年前,他在自己穷困潦倒的时候,把仅有的三件毛衣给了比他境遇更惨的小孩,义无反顾。七年后,他放下别人梦寐以求的铁饭碗,走到体制外,当了一名专职律师,一个再普通不过的律师,站在了离聋哑人这个弱势群体最近的地方。

为无声者充当传声筒,他是中国第一位手语律师。一个并没有借此赚到什么大钱,甚至自己常常倒贴的律师,一个争议猜测多不胜数,却在全国拥有无数聋哑人朋友的律师。

从出来当律师开始,唐帅做手语翻译期间积累的人气,便吸引来了许多深陷案情与冤屈的聋哑人或他们的家属。

"唐律师,我的孩子不是他们说的那样,这里头的情况很复杂,能帮帮我们吗?"一位老伯向他苦苦求助,老伯的聋哑儿子因为伤害罪被收押在看守所,"可是,我家只凑得出一万块。"

也有聋哑人用手语艰涩地告诉唐帅,他至多只能拿出五千块钱打官司。他和爱人一个月还挣不到三千块钱,如果不是被欺负得这么惨,他们决不会请律师来帮忙讨公道。

如此种种,唐帅怎么可能硬得下心肠按照刑事案件辩护"最低三万"的市场价收费?于是,许多聋哑人官司他自己垫钱打。动不动就"垫钱"的习惯延续到今天。

唐帅曾告诉我,春节后的"淡季",连着几个月,在给律所员工发完工资后,他日常的生活只能靠信用卡维持。我很吃惊,调侃:"要不,我资助你一个月生活费?"他回答:"那这个数字可就有点大了。至少得三万。"三万块钱的生活费,占比最大的那块,是给去他那里求助的聋哑人出食宿费,以及他到外地调查取证的差旅费。忙起来一天只吃一顿饭的唐帅日常消耗很小,但有一桩,只要有一点儿空余时间,唐帅就会逛街买衣服,他对衣服既要求价格低又要求能"穿得出去见人",所以常常走一条街而无所获。那些穿在他身上板板正正的衬衫，大多都在两百元左右。

可是，律师事务所需要运转，资金也必不可少，唐帅和他的团队必须接下更多正常人的官司。这样一来，工作满负荷。常常是这样，白天出庭、去看守所、谈案子、调查取证，晚上仔细阅读卷宗、寻找疑点、书写法律文书。

在王二姐出面帮着打退逼婚的外婆之后，唐帅买了一枚戒指戴在无名指上，好让别人看出他"已婚"，避免一些不必要的麻烦，因为他"目前没有私人的时间"。可是这同样也会招来一点儿"麻烦"。有记者采访唐帅，看见他无名指上的戒指，便生出要采访他"家人"的想法，让他始料未及。

大渡口区司法局公律科①的汤科长对唐帅颇为熟悉。2016 年 9 月，唐帅在大渡口创办了义渡律师事务所，刚开始只有三个人，不到两年，就发展成一个拥有六十余人的大团队，里面有很多与唐帅抱着同样信念的 90 后、95 后，他们积极投身公益，担任"村居法律顾问"等，参与各种法律援助活动。汤科长被这群年轻人的鲜活生动所震动。在 2018 年上半年那段最难的日子里，正是汤科长陪伴唐帅度过了一个个难眠的夜晚。每晚至少两个小时，陪他聊天，帮他出主意。

"唐帅善良、正直又聪明，我很喜欢他。"汤科长说。

汤科长的这个认知，我有同感。唐帅的聪明，很大程度上表现在善

---

① 公证、律师管理科的简称。

于追根溯源上。

"当律师以来，我反复思考过这样两个问题：第一，聋哑人在法律生活当中到底会遇到一些什么样的问题？第二，他们为什么需要帮助？"唐帅告诉我。

聋哑人在法律生活当中到底会遇到一些什么样的问题？

这里首先需要大家周知的是聋哑人的犯罪率。或许，走在路上，看见那些打着手势喉咙里发出含混不清声音的人，我们会因为对他们未知而产生的第一感觉是"远离"，不会进一步去想他们会不会是"坏人"。

"聋哑人参与的犯罪，早期以偷窃、抢劫等侵财案件为主，现在他们还会参与诈骗、拐卖、组织卖淫、非法集资、制毒贩毒，以及一些专门针对聋哑人的诈骗案。"唐帅说。在这些犯罪案件中，手语成为犯罪分子秘密的不为人知的交流手段。做手语翻译期间，唐帅接触过不少聋哑人犯罪团伙，与之前相比，现在聋哑人犯罪团伙的犯罪形式亦越发多样化。团伙中，有略懂点儿法律的，知道《刑法》规定孕妇不能被采取强制措施，便频繁使聋哑人妇女怀孕，以方便其作案。

"聋哑人的犯罪率到底有多高？事实上，它远远超过了现在国家很重视和关注的未成年人犯罪。"唐帅接触的上千个案子都表明，一个聋哑人如果参与了刑事犯罪，那么，他的前科往往就不止一次。

唐帅对聋哑人犯罪率高的问题，有自己的理解：

"聋哑人的犯罪率为什么那么高？第一，聋哑人因为自身的残疾，造成了求职和就业的障碍，虽然他们可能是几类残疾人当中最具劳动能力的(沟通困难是最大的障碍),但聋哑人也是人,他们也跟正常人一样有生活需求和生理需求,他们也要结婚生子,也跟我们一样,上有赡养的义务,下有抚养的义务。同样因为沟通交流的原因,聋哑人的配偶一般都是聋哑人。但如果夫妻两个人都是聋哑人,又都没工作,兔子急了都会咬人,何况是人呢?这是很客观的一个原因。当初我父母下岗以后'四处讨饭吃'的那段经历,我刻骨铭心。其实,这对整个社会来说,是一种很不可控的不稳定因素。

"第二,聋哑人文化水平比较低。这个'低'是指'两个低'。第一个'低',聋哑人作为弱势者,完整接受九年制义务教育概率的比例低,很多人连小学都没毕业,或者是小学一毕业就不读书了。第二个'低',水平'低',许多来自全国各省市特殊教育学校的老师都跟我说,现在学校里的聋哑人初中毕业以后,其文化水平仅仅相当于健全人小学三年级的水平。这可以理解为无声世界给聋哑人形成的片面认知,转而影响了其学习理解能力。

"第三,基于对这个世界表浅和片面的认知,加之文化水平的限制,聋哑人本身的法律意识很淡薄,而淡薄的程度远超想象。全国各地的聋哑人经常线上线下地向我咨询一些法律问题。有人会问我:唐律师,法官、检察官和律师到底都是干什么的?他们有什么区别?还有一个婚龄十一年的聋哑人问我:唐律师,我想离婚,我该到哪儿离?我就问他:你离婚不知道到哪儿离,你结婚上哪儿结的呀?他说:是双方父母带我们去的。我又好奇地多问了一句:你结婚那时候多大?他说二十九岁。

"瞧,上述两个法律问题对一般人来讲,都只是生活常识,但这些常识在聋哑人那里，却变成了一个'极专业'的法律问题。"

通过调查研究，唐帅还发现，聋哑人犯罪具有聚集性和流窜性两个主要特点。

聋哑人因为残疾而自卑，因为难以融入这个社会而自闭，聋哑人喜欢"抱团取暖"，形成一个聚集性很强的群体。20世纪90年代的国企改制风潮直接波及残疾人集中的福利厂，聋哑人大批下岗，并且几乎没有再就业的机会，受到社会上一些人的蛊惑引诱，再加上不大成熟的价值观，很容易就走上了"聚集犯罪"的道路。

而聚集犯罪的聋哑人又笃信"兔子不吃窝边草"的规矩，比如，重庆的聋哑人团伙会跑到北京、上海、广州去，而其他地方的又会往重庆跑，并且由此划定了各团伙的"地盘范围"。这些犯罪团伙流窜到一个地方，首先要做的就是"拜码头"，而最重要的就是拜当地最权威的手语翻译，花钱送礼。这样一来，万一他们被抓，能救他们的，也就是这些被他们收买过的手语翻译了。

"所以，对于公安局审理案件时请来的手语翻译，你很难调查清楚他们同犯罪嫌疑人的关系。这样既妨碍司法公正，也会在某种特殊情况下带来新的冤案。"唐帅说，"但这种频繁的流窜也带来了一个意想不到的好处，各地不同的方言手语进行同化融合，推动形成了比较统一的自然手语。"

就这些人——可恶的犯罪分子，他们为什么需要帮助？或者，也可以换成唐帅那些大多接"民事经济案子"的年轻同行们藏在心里不好问出的那个问题:既然他们已经愚昧可耻地犯罪了,你为什么还要倾其所有地替他们辩护,难道法律不该惩罚他们吗?

"他们的确有罪,但其罪又让情与法一次次何其为难。"

从小到大,唐帅在生活的苦水里浸泡,任何委屈不曾让他落泪,可偏偏就是看到他们,随着案情走进他们的故事,唐帅每每情不自禁、泪流满面。

唐帅印象中的她,是一个正值花季的聋哑女孩,家在农村,因为家庭经济原因,只念到小学三年级便被迫退学。本来,家里还有三个健全的弟弟妹妹,一辈子面朝黄土背朝天的父母,不会把任何一点儿未来的希望寄托在她身上。在这样的家庭里,她既不可能被重视,更不能成为父母的负担。父母只希望她能嫁出去,只要嫁出去,不管是聋哑人还是老头儿,都没关系。成天穿着旧衣、吃着剩饭的年轻女孩,看见在外面打工、光鲜亮丽归来的时髦女子,让聋哑人本来"只重表面"的缺陷,在诱惑面前"无知无识"地被狠狠放大。羡慕不已的女孩,怯怯地躲在某个角落,细细打量那个涂着大红唇膏的女人及其那双油光可鉴的长皮靴。她小心地藏着自己瘦小的身体,不想还是被人发觉了。发现女孩小小心思的是个三十多岁的男人,同样是聋哑人。他是邻村出去的,女孩原本就认识他。聋哑人的世界很小,认识就容易信任,何况男人告诉她,他在外面有事做,他做的事还需要人帮忙。当然,帮着做事的回报很高,赚到的钱可以买好看的衣服、化妆品,她那么漂亮,打扮出来肯定比那些女人更有味。女孩信了男人的话,女孩父母也不会思考计较太多,本来这个人在家里就多余,她能出去自然再好不过。但可怕的是,女孩从此掉进了陷阱!那个她以为熟悉的男人是一个专门对聋哑人下手的人贩子,她被这个"老乡"拐卖到一个聋哑人盗窃团伙。

饥饿、殴打、各种惩罚,老实的女孩被迫接受"盗窃训练"。从此,女孩每天的日常就是到大街上偷东西。有时她会悄悄尾随在某个老太太或年轻姑娘身后,趁她们不留神或者聚精会神看某个东西的时候,用专门的扒窃工具迅速弄出她们的钱包或者手机;有时她会混在几个聋哑人同伙中,趁着人多挤公交车的时机,打掩护或者牵绊被盯住的对象,让同伴顺利得手。就像那只被渔翁专门驯养的鱼鹰,冒着风浪捕鱼而归后,却只能全数吐出。女孩必须把一天偷窃的战利品带给"老大",自己什么也不能留。

盗窃团伙汇集了这世间的丑与恶,恶棍们又岂能放过一个小小年纪又生得眉清目秀的女孩。最初是欺辱,因为一点儿小事招致的拳打脚踢。在某次团伙的"庆功会"上,酒瓶悉数打开,在酒精的怂恿下,有人把手不规矩地伸向蜷缩在角落的女孩。此后,调戏、猥亵,直到几个人一起合力强奸。

直到有一回,因为盗窃,女孩被抓了。在与女孩手语交流的过程中,细心的唐帅感觉女孩有些不对劲,脸上时不时闪现痛苦的表情,肢体也不时地抽搐几下。他请女警为女孩检查身体。结果,女警为她清洗身体时才发现,她身上竟有上百处被烟头烫过的痕迹,其中有几十处都集中在胸口上。这些印记都是在盗窃团伙里留下的。年轻的女警也有女儿,面对此情此景,她泣不成声。

愤慨不已的唐帅问女孩,女孩却只会歇斯底里地大哭,很多东西她都不愿回忆不肯交代，"这可能也是心理上的一种自我保护吧，就算什么都不说，她身上累累的伤痕，也已经告诉我究竟发生了什么。"

最终，女孩因为未满十六岁，年龄太小定不了罪，检察机关做出不予逮捕的决定。唐帅一行人开车送她回老家，专门买了米、油，还准备了一千块钱慰问金。本以为女孩的家人会满怀欣喜甚至感动，结果却出乎所有人的意料。

唐帅清晰地记得，在村口，那一家人满脸阴沉，一言不发地立在车旁。半晌，女孩的外婆劈头盖脸地质问："你们把她送回来干什么？你们不是要养她，给她找工作吗？"唐帅感到很震惊，便问道："婆婆，她出去偷这件事，你知道吗？"女孩的外婆反问道："不偷她吃什么啊？告诉你，我们家没钱养她！"僵持了一会儿，那一家人才拎起东西，推搡着女孩离开，女孩则不时回头，用可怜兮兮的眼神回望唐帅他们。

其实，对于女儿在外面从事的"行当"，家里的双亲一直有所耳闻，不过毕竟不需要他们养了，他们不想也不愿再过问。否则，一个包袱又要被扔回来了。结果，还真回来了。

根据公安部门的消息，不到三天，被嫌弃的女孩又离开了家，命运未卜。

"社会的歧视，家人的不善待，让聋哑群体成了局外人，他们的世界满是阴霾却又对此无能为力。"坐在堆满资料的律所办公室，唐帅默默展开一本备忘录，写下了自己对此案的感叹。

唐帅还记得，有个十九岁的聋哑小伙子，因为蒙昧无知和冲动，遗憾地断送了自己的青春与生命。

那天，这个在乡镇流浪多日的聋哑小伙子已经断炊好几天了，他决定去为自己找点儿吃的。在镇上一家小商店附近，他眼瞅着一位头发花白的老太太从店里出来，吃力地拖着一袋米。他想，那袋米本也不值多少钱，再者，从一个虚弱的老太太手里抢，肯定好过与那些青壮年拼体力。他走上前去，表示要帮老太太搬东西。他比画着发不出声儿，老太太以为他就是个揽活的年轻人，没有理睬他径直往前走。小伙儿没有死心，本想趁着假意帮忙，扛起那袋米就飞跑，不料却没有机会。于是，他远远跟着老太太到了一个拐口，等到老太太放下那袋米在一个游摊上挑选杂货时，快速靠上前，打算扛起那袋米就跑。可是偷窃才得手，老太太就发现了，两人开始抓扯那袋大米。没有想到的是，老太太怎么也不肯撒手。

有人会奇怪，为了一袋米，你一个老年人和一个身强力壮的小伙子拼命，值吗？

关于这个疑问的答案，可以参看十二年前发生在重庆市某区的一件往事。

2007年11月10日，才过凌晨4点，偏僻街道上的一些居民就出发了。他们要赶往距离十多分钟车程的某大型超市连锁店，那里将向每位顾客供应两桶四升装单价为三十九块九的菜籽油。这个价格比平日要便宜十一块钱。谁也没有想到，他们赶赴的是一场灾难。某区政府当天下午宣布：11月10日8时20分发生于某超市的踩踏事故，共造成三人死亡，三十一人受伤，其中七人重伤。在死亡的三人中，退休工人云集的某个老社区占了两人。三天后,国家统计局公布数据称,10 月份,居民消费价格总水平比去年同月上涨百分之六点五。其中包括菜籽油在内的油脂类食品价格上涨百分之三十四。"物价上涨过快,居民收入增长跟不上,加剧了群众性的抢购心理,加上超市安全管理不善,最终酿成了这起事故。"重庆社科院的一位专家当时向大众解释道。

为了果腹,聋哑小伙儿想要不劳而获地得到一袋米;而生活并不富足的老太太节约已成习惯,怎可能将一袋几十元的大米拱手让人,况且是个偷儿。偷盗不成,恶从胆边生,纠缠中,小伙儿摸出了随身携带的小刀,动了杀机。疯狂、鲜血、尖叫,为了一袋米,聋哑小伙儿将一个无辜的老太太残忍杀害,并被当场抓住。

聋哑小伙儿听不见,不会说话,没上过学,也不会手语,审理他的案子艰难万分。于是,长期与各色聋哑人打交道的唐帅被请去帮忙。

虽然无法与男孩交流,但唐帅依然努力走进男孩的内心世界,想要在那片肆意生长的荆棘当中寻找一条出路。在高墙电网笼罩下的看守所里,唐帅和男孩同吃同住。刚开始,男孩攻击性很强,面对陌生人,眼神里更是透露出丝丝寒气。看守所将男孩视作"洪水猛兽",为了防止意外发生,做了各种措施——矿泉水瓶的盖子全被卸了,吃饭没筷子,靠手抓。唐帅也和男孩一样,用手抓饭吃,喝没有盖子的矿泉水。

直到公安机关辗转联系上男孩的父母,唐帅才知道,这个孩子因为身体缺陷,父母早早对他绝望。在他年幼的时候,父母便远赴新疆采棉花。他们一直在外打工,懒得管这个孩子,几年都未曾见面。于是,男孩便像一株野草随性发展,而缺爱和放纵是罪恶的土壤。聋哑小伙儿从童年时代开始，便成天在街头混吃等死，饿了就偷。

僵持几天之后，小伙儿似乎想要说什么，却无法表达，癫狂得像是着了魔。最后，小伙儿用身体和手艰难地比画着，花了整整一天，重演了当天行窃杀人的过程，然后长叹一口气，筋疲力尽伸出双手，做了一个等着被铐走的动作，认罪。

就在最后一刻，就在僵持数天的犯罪嫌疑人认罪服法的那一刻，唐帅的眼泪突然流下来了。有人会觉得那一刻唐帅是"喜极而泣"，毕竟这样一个大案要案的突破，再次证明了他作为"顶级手语翻译"的存在，是真正的"有案必穿"。唐帅却低头感叹，流泪不是给自己庆功。"这一点真不是演戏。"只是感怀于一个生活在那样封闭环境中的聋哑人，从来没人教导，也没人抚慰，但他却自然而然地懂得认罪受罚。或者说，世界给予这个年少聋哑人的恩遇几近于无，而严苛冷酷他却早已习惯。

"直到今天，我还在庆幸着，我的聋哑父母虽然一事无成，在世俗的眼里，算是卑贱地活着，可他们毕竟循规蹈矩地活了一辈子，没有做过什么错事。而我年少时虽然曾经因为生计浪迹社会，却遇到许多贵人，终究没有走上歪路。"唐帅感慨。

做律师不久，唐帅就曾给一个"罪大恶极"的聋哑盗窃犯辩护。

那一回，刚开庭，唐帅就听见有人破口大骂："那哑巴就是个人渣，你为什么要替他辩护？"一抬眼，庭下的旁听者个个满脸怒容，以无声的表情支持那个情绪激烈的骂人者。矛头直指黑衣红领的辩护律师唐帅。

对方嘴里的"哑巴"是一个三十出头的聋哑男人，惯偷。

几个月前，"哑巴"像往常一样，盯上了一辆开往市中心的极其拥挤的公交车。他挤上了车，小心地在人与人的狭小缝隙间寻找目标。这次，他急迫地需要一笔"大的款子"。人群中，他发现了一个老太太，风尘仆仆的模样和极尽简朴的穿着，表明她很大概率是个区县人。老太太背着一只大包，因为疲惫和拥挤，正斜靠在一个座椅旁。他注意到那个包，那个包里隐隐约约有一块方形的凸起。干了几年这种见不得人的活计，他自然知道那方凸起是什么。

当然，关于老太太包里那方凸起更深层次的意义，他压根无从得知。老太太的包里装着东拼西凑的两万块钱，是邻居们的心意，是亲戚们的救助，是卖掉家当的所得，是一笔救命钱。这笔钱要救的，是她的孙子，一个八岁的男孩，此刻，他正躺在儿童医院的病床上，等待一台至关重要的手术。这两万块钱，性命攸关。

他把手伸向了老太太的包，拥挤的公交车是最好的掩护。他划了一条口子，偷走了那笔钱。

因为"哑巴"的这次偷窃行为，老太太的孙子耽误了救命的手术，最终因为肾衰竭死去了。

在强大的舆论压力下，"哑巴"很快被警方捉拿归案。他对罪行供认不讳，最终被送上法庭。坏事传千里，负面信息不断扩大，这件事最终在社会上酿成了很大的舆论攻势，"两万块钱的盗窃害死人""小偷盗窃，盗的不止是钱，还有一条人命""请法律为冤死的孩子做主""一定严判，不能纵容"……

所以，那天除了庭下密密麻麻坐着的、神情哀恸的家属们，还有许多自愿前来旁听审判的市民——因为事情已广为人知，甚至可说群情激愤。

话说，这个"哑巴"的罪行，听起来是够让人咬牙切齿的。法庭上公诉人控诉他：犯罪性质恶劣，造成极坏的社会影响！

身为这个为人所不齿的被告人的辩护律师，唐帅站在辩护席上，能够明显地感受到周遭的浓烈敌意，人们犀利的眼神和窃窃私语。他甚至感觉，如果法庭没有禁止人们携带杂物进入，那么臭鸡蛋和烂白菜随时可能飞到他的脸上。

饶是如此，在被害人陈述、证据展示和严厉的公诉之后，唐帅依然面色凝重地请求法官："可不可以允许我的当事人讲一下这样做的理由？"

片刻犹豫。"哑巴"用手语比画出一个无奈却仁义的故事，唐帅一字一句翻译给大家听。

原来，"哑巴"之所以下手偷这笔款子，并非为了自己，而是为了赶着给好友的遗孤交学费。背后的故事是，同为聋哑人的朋友，在一次自然灾害中意外过世，这个聋哑男人便义无反顾地收养了朋友留下的孩子。他三十出头，未婚无业，为了养活自己和孩子，只能以偷盗为生。不想，却因此惹出那样大的祸事。

"哑巴"邻居及朋友的证词，也证明一切属实。"哑巴"节衣缩食，常常有上顿没下顿。而他的养子和同龄的孩子一样，欢笑着进出校园，而且吃得饱穿得暖。

待唐帅代"哑巴"陈述完犯罪理由，原本群情激愤的法庭一片默然。情与理，罪与罚，大家在动容，大家在反思。是呀，一个被社会遗弃的聋哑人,他需要一笔钱来抚养遗孤,他本身并不知道自己偷走的原是一笔救命钱。一切追悔莫及。

"犯了罪理应受到惩罚,但是定罪之前,这些听不见声音、说不出话的被告人也有权利发出自己的声音。这是作为一个人的基本权利。"唐帅说。

最终,这个"情有可原"的罪犯,以"盗窃罪"依法被判处有期徒刑一年半。

唐帅看见,还有更多的人,原本正是青春年华,却因为天生聋哑,活成了社会的边缘人。他们身处灰色地带,为了生存,不得不以身犯险,甚至抱团犯罪。

更让唐帅感慨不已的是,这些聋哑人对法律知道得太少了,长期与世隔绝。他们不仅不知道什么行为是犯罪,更不知道在什么情况下应该怎么寻求法律途径来帮助自己。

"我们正常人的世界、正常人的社会,对这群聋哑人,有不可推卸的责任。"

更何况,还有身处冤屈之中而求告无门的聋哑人。

唐帅曾说过,他由"手语翻译"转为"手语律师"的一个重要理由是:"手语翻译代替的是聋哑人的'嘴',我做律师,就是希望能成为防止出现冤假错案的一道重要防线。"

毒树之果

"不因为无声者弱势，就去欺凌，不因为他们无助，就去旁观，生而为人，总要有点儿正义之气。"

据说，在某一次庭审上，唐帅直接打断公诉方手语翻译的演示，指出对方偷工减料，完全跳过了"庭审规则和被告人所享有的诉讼权利"那一大段内容。那个资深的手语翻译唰地红了脸，因为从来没有人像这样质疑过他。

2016 年的初秋，一个老人跌跌撞撞地找到了唐帅的律师事务所。那时，唐帅才刚在大渡口区创建律所没多久。那天，所里正在开会，这个老人就突兀地闯了进来，开口便喊冤求助。

　　像以往一样，唐帅停下了手里的事，把老人带到一旁，先听她讲述事情的原委。老人是从沙坪坝的一个老社区过来的。沙坪坝到大渡口不算近，即使乘坐轻轨，中途都还需要转几次公交车。老人七十多岁，几天前才得知如今只有"手语律师"唐帅帮得了她，于是早上 6 点天不亮就出门了，一路两三个小时，四处打听才找到天安数码城。老人有一件天大的难事儿——她的女儿是个聋哑人，被一家手机店老板"冤枉偷东西"，哑巴有苦说不出，现在因涉嫌盗窃已被公安机关移交检察院审查起诉。

　　唐帅站在老人面前，自报家门之后，老人颤巍巍地问他："小伙子，你就是那个会打手语的律师？"唐帅点点头，轻拍胸脯，"放心。"然后扶着老人缓缓坐下。

　　"唐律师呀，你知道吗？我女儿从小就是一个老实人，别说偷手机了,就算掉在地上的钱她都不会随便捡。我老太婆指天发誓,她绝对没有偷东西。唐律师,求你救救我女儿吧,她冤枉呀!"老人边说边流泪,差点儿双膝跪在地上。和大部分聋哑人一样,这又是一个十分艰难的家庭。老人的女儿女婿都是聋哑人,还有一个外孙正在读初中。女儿没有工作,平时操持点儿家务,女婿因常年干体力活伤了身体,得了严重的肺病,没钱医治还在用苦力支撑生活。老人之所以来找唐帅,是一位法律援助律师推荐的。老人的女儿被收押看守所之后,司法局为她指派了一个援助律师。虽然这位律师不懂手语没法跟老人的女儿直接沟通,但看见她每每一有司法人员靠近就情绪激动几近崩溃的模样,便怀疑这个案子藏着冤情。好心的援助律师找到老人,要她去找"手语律师"来查清整件事的原委。

"老人家,不要难过,我一定想办法弄清这是怎么回事。"唐帅扶起老人,承诺道。

老人囊中羞涩、拿不出律师费,唐帅自始至终也没有要过。

几乎没有停顿,唐帅很快就赶到了看守所,见到当事人——老人的聋哑女儿刘颖。

他在会客间里坐着等法警带出刘颖。不多时,一个套着黄色马甲戴着手铐的中年女人出来了,四十岁出头,微胖的身材,一直耷拉着头,走路也拖着脚,有气无力。哗,沉重的铁门打开,女人从昏暗的通道走过来,被陡然出现的强光刺激,女人抬起头,看见唐帅。唐帅向她微笑,用重庆本地的方言手语跟她打招呼:你好,我是你的援助律师。几秒钟刘颖便反应过来,一边激动地呜呜发声,一边迅疾向唐帅这边跑来。她冲到唐帅面前,使劲打着手势:"我不认罪,我没有偷!"直到法警赶来控制住她,让她坐在唐帅的对面。

待她情绪平稳,唐帅用手语示意:"不要激动,有什么情况,请完完整整告诉我,我会尽力帮助你。"

"唐律师,我是冤枉的,我真的没偷。"

"那天我只是途经手机店,顺便看了看。店里的手机很贵,我买不起,更不敢偷。我真的冤枉。"

"我没有做错任何事,我不会认罪的。"

刘颖在唐帅面前坚持不认罪的态度,并一再表示,自己非常冤枉。

末了,唐帅会心地点点头。

其实,在与刘颖的谈话问询结束后,许多疑问已经从他心里冒出来,他决定去找出真相。

"你当时就那么笃定地认为其中必有冤情?"采访中,我问过唐帅。

"是的。我跟聋哑人相处了三十多年,我很了解他们,这个群体里,绝大部分人虽然有性格缺陷,却还算得上单纯耿直。当时,我从刘颖的眼神、动作、情绪等来判断,我看不出她有半点儿欺骗我的意思。"唐帅回答。

"但刘颖家那么困难,也难保一时闪念做错事啊。"我补充了一句。

"所以,这就是调查取证必须缜密的原因。"唐帅说。

离开看守所,唐帅用了一整晚的时间,细致梳理了"刘颖盗窃案"存在的疑点和审理过程中可能存在的疏漏。之后,唐帅怀揣着疑问来到检察院,依法调取了整个案件的证据材料,包括笔录和视频。

在公安局的笔录材料上，赫然写着刘颖的认罪词："我承认我在某年某月某日于某个地方盗窃了一部金色的某某手机。"再打开与审理同步的录像视频，刘颖用方言手语比画的分明是："我没偷，我绝对不会承认我偷了！"笔录与视频所表达的意思，南辕北辙。

为什么有如此的天壤之别？中间的问题究竟出在哪里？到底哪一个才是真相？

"当时，我首先想到的是，会不会手语翻译与刘颖的沟通出问题了？因为我深知，翻译人员对于案情的审理、对于公平正义有多重要。在公安机关和其他司法机关对犯罪嫌疑人进行发问、调查案情的时候，中间整个来回的问答、证据的材料笔录都是通过翻译人员的嘴说出来的。一句话，好的坏的都是他在说。"唐帅说，"在做手语翻译的时候，我就知道，手语翻译何等稀缺、何等重要。从聋哑学校聘请的手语老师并不是法学专业出身，所以一些法律专业的名词和概念他自己都搞不太懂，很难对聋哑人做出有效的解释，难免由此产生误差。"

于是，唐帅调出了所有的视频资料，一个个仔细看，重点看手语翻译和刘颖之间的交流。之前，协助审理"刘颖盗窃案"的有两名手语翻译。看着看着，唐帅瞪大了双眼。

第一个手语翻译是一个瘦小却面容精明的女子，她对方言手语使用得很是熟练。她与刘颖沟通着，起先似乎很是同情刘颖被人冤枉的际遇，可是说着说着，她突然打着手势说要一万块钱——是的，让犯罪嫌疑人刘颖给她一万块钱，这样，她可以跟公安局的人美言一番，确保刘颖没事。她盯着刘颖，似乎准备留给这个可怜的聋哑人多一些思考的时间。岂知，只是沉默了几秒，刘颖便用手语断然拒绝："我没偷，我拿不出这个钱。"手语翻译立时面容有些尴尬，在表示"你要这样装硬，我也没有办法"之后，悻悻地离开讯问室，虽然没有得到想要的，但依然拿到了公安局给的一千块钱劳务费。"但那一次，这个手语翻译并没有马上给刘颖落下罪名。她还去找了刘颖的母亲，向老人家索要一万块钱。老人倒是一心想救女儿，可是却怎么也凑不出那一万块钱。"唐帅说。为了求证，唐帅专门找老人核实过具体情况。在刘颖母亲那里碰了"钉子"，那个女人就对办案人员一口咬定："刘颖认罪了，她的确偷了手机。"

"这不是明目张胆的敲诈勒索吗？一个中年聋哑人，上有老，下有小，要是真的因为拿不出那笔钱进了监狱，老人孩子怎么办？这些人也未免太狠了。"在听到这些事时，我震惊于人心之不善。

"有一些翻译人员在金钱和利益的立场上是站不住脚的，很容易利用自己独特的重要地位跟聋哑人进行权钱交易，甚至还有一些更过分的，就会像这样，强行对聋哑人实施敲诈勒索。"唐帅说。"刘颖案"并非第一次了，之前，唐帅就曾几次在案件同步录像上，发现翻译人员直接在摄像头底下跟聋哑人谈条件，"比如有一个手语翻译直接跟聋哑人说，我跟你家人联系了，他们说只拿得出来六千。聋哑人说，你再跟他们说一下吧，让他们再凑四千吧，我确实不想坐牢。就是这样的明目张胆。"

但刘颖的坚持和倔强，以及笔录明显存在的漏洞，使得公安局后来又找了一个手语翻译。一个特殊教育学校的手语老师，只懂得标准的普通话手语。接下来，又发生了普通话手语与方言手语的博弈。几乎不了解刘颖在讲什么的手语翻译，一切只能靠"猜"，她猜刘颖是"有罪"的。这恰是由于与聋哑人沟通不畅导致冤假错案的情形之一。

看过这些视频资料，唐帅被惊得出了一手心的冷汗：如果自己刚好没接到这个案子，那这个叫刘颖的聋哑人的后果将会是怎样？一切可想而知。

唐帅将自己的所见周详地写在了辩护意见中，并恳请司法机关请三位通晓方言手语的翻译同时对相关视频资料做出鉴定。鉴定结果，真如唐帅所言。最终，他通过正规程序否掉了刘颖的"认罪"。于是，"刘颖盗窃案"的审理重新启动，警方调集案发当时手机店及周边街区的视频，发现刘颖仅仅是从附近路过手机店，在展示柜旁停留了几分钟，并没有任何证据指向她有偷盗行为。而手机店的女老板，正是通过自家店里安装的监控视频，锁定了在展示柜旁看手机模型的刘颖——因为丢失的刚好是展示的那款手机。而刘颖衣着简朴，又不太像能买得起这款手机的主儿。

最终，检察院对此进行了核查并采纳了唐帅的意见，对该犯罪嫌疑人做出不予起诉的决定。

"在这些涉及聋哑人的冤案中，手语翻译人员是关键，甚至是冤案的制造者。在湖南，有一位我很尊敬的刑庭法官，他审理的聋哑人案件比较多，他曾说过，现如今在涉及聋哑人的刑事案件中，真正的审判者不是法官，不是律师，也不是检察官，而是手语翻译人员。这句话足以让我们大家深思。也就是说他们完全可以翻手云，覆手雨。"唐帅说，"我并不是要给所有'聋哑恶人'辩护，相反，有一些人，正是我要伸张正义的对象。但是，更多的聋哑人自始至终都不知道自己依法所享有的诉讼权利和义务到底是什么，这就会导致整个的诉讼程序出现不公，甚至是错误。程序不公必然会导致实体不公，这是'毒树之果'①的可怕之处，也是我执着于此的原因。"

"因为聋哑人对法律和自身权益保护的无知，在某些案件的审理过程中，存在虚构证据甚至销毁审问录像的现象，着实让人气愤。"另一起聋哑人盗窃案，也令唐帅感触颇多，甚至写下了三十页的笔记，记录自己对这个案子的所见、所闻、所思。

在这起案件中，唐帅被司法系统请去进行法律援助，对象是一个张姓的聋哑"盗窃惯犯"。在看守所，唐帅见到这个聋哑人的时候问他："公安机关指控你涉嫌盗窃五次，是那么回事吗？"对面的聋哑人支支吾吾，一副不甚明了的样子。于是，唐帅根据卷宗记录的情况，分别把每一次的时间地点都跟他对了一遍。核对完毕，这个聋哑人垂下眼帘，一副委屈的表情，一个劲儿摇头。他比画着告诉唐帅："唐律师，事情原不是这样的，做了的我承认，没做的我绝对不承认，前面两次是我做的，后面三次不是。"

唐帅心头一惊，接着问他："那就奇怪了，既然后面三次不是你做的，那你为什么要在笔录上签字还盖手印呢?"聋哑人回答说："唐律师，我小学五年级都没毕业，我没有阅读能力，所以笔录上写的什么我根本就看不懂。"

---

① 该概念源于美国司法实践将以非法手段所获得的口供喻为毒树，而由此所获得的第二手证据即毒树之果。

那人接着还告诉唐帅,小学的时候,因为自己和一个老师发生了肢体上的冲突,被记过开除了。最令人震惊的是,此案审理时请来的手语翻译,正是当年和他发生冲突的老师。或许多年来,这个老师对于当初的冲突事件仍未释怀。

"我的天,这完全赶上电视剧的情节了。按照法律规定,跟本案有关系的、可能影响本案公正审理的人员是不能参与进来的。尤其对被告人和犯罪嫌疑人而言,有权利申请相关人员回避,但聋哑人自始至终都不知道自己有这个权利。"唐帅很是感慨。

后来,我从唐帅那整整三十页的笔记里摘录了一些能够公开的内容:

......

(四)犯罪嫌疑人供述

1.张某的供述

第一次供述:证据卷 1P54,时间 2018 年 5 月 6 日 18 时 32 分至 2018 年 5 月 6 日 23 时 54 分。

讯问人陈某某、李某,某某市公安局某某派出所民警,手语翻译刘某某,某某市特殊教育学校老师。(讯问过程没有同步录音录像,权利义务告知书没有手语翻译人员的签字)

......

(六)现场辨认笔录

第一组:证据卷 1P178

辨认人张某,时间 2018 年 5 月 6 日 15 时 30 分至 2018 年 5 月 6 日 15 时 40 分。

辨认人王某某,时间 2018 年 5 月 10 日 9 时 42 分至 2018 年 5 月 10 日 9 时 52 分。

侦查人员:李某、胡某某、陈某某;辨认对象:犯罪现场及犯罪地;见证人:田某

犯罪现场地点位于:某某市某某新区某某街道办事处东侧

附现场指认照片:记载地址为某某市某某新区某某街道办事处西侧路边

被害人:张某某

注意——程序违法,不具有真实性,具体如下:

1.现场辨认过程没有翻译人员在场,不排除辨认笔录内容并非辨认人真实意思表示。

2.辨认人张某和王某某的辨认笔录内容完全一致,丝毫不差,复制粘贴嫌疑大。

3.辨认人张某和王某某的辨认笔录内容与其二人的供述完全不符合,辨认笔录称盗窃现金一千五百元,而其二人的供述称五百元。

4.二人的辨认笔录上记录的辨认地点为某某市某某新区某某街道办事处东侧,而辨认照片上记载的地址是某某市某某新区某某街道办事处西侧路边。

5.二人的供述均称不记得具体时间,但是辨认笔录却清楚地记载了作案时间,并且此作案时间系照搬了被害人陈述的事发时

间,不具有真实性。

第二组:证据卷1P180

辨认人张某，时间2018年5月6日15时55分至2018年5月6日16时5分。

辨认人王某某,时间2018年5月10日10时10分至2018年5月10日10时15分。

侦查人员:李某、胡某某、陈某某;辨认对象:犯罪现场及犯罪地;见证人:田某

犯罪现场地点位于:某某市消防总队斜对面

附现场指认照片:记载地址为某某市新汽车站工地旁

被害人:周某某

注意——程序违法,不具有真实性,具体如下:

1.现场辨认过程没有翻译人员在场,不排除辨认笔录内容并非辨认人真实意思表示。

2.辨认人张某和王某某的辨认笔录内容完全一致,丝毫不差,复制粘贴嫌疑大。

3.二人的供述均称不记得具体时间,但是辨认笔录却清楚地记载了作案时间，并且此作案时间系照搬了被害人陈述的事发时间,不具有真实性。

……

2016年1月12日出版的《检察日报》曾明确指出,近年来,刑事诉

讼活动中聋哑的犯罪嫌疑人、被告人、被害人及证人逐渐增多,为查明案情, 司法机关需要聘请手语翻译。手语翻译对司法机关查明案件事实、正确适用法律、维护诉讼当事人合法权益具有重要作用。《中华人民共和国刑事诉讼法》释义第九十四条规定:"讯问聋、哑的犯罪嫌疑人,应当有通晓聋、哑手势的人参加,并且将这种情况记明笔录。"但由于《刑事诉讼法》对手语翻译制度规定过于原则、笼统,缺乏可操作性,致使在司法实践中手语翻译人员参与刑事诉讼活动存在许多问题。相关司法解释也未做出具体规定,需要进一步规范和完善相应程序。

同时,《检察日报》还列举出近年来刑事诉讼中手语翻译存在的主要问题:

第一,手语翻译人员的资质无最低要求。实践中,司法机关聘请的手语翻译人员一般只具有初级手语翻译资质, 其手语翻译能力与水平无法得到有效保证。

第二,手语翻译人员的聘请程序随意性大。在刑事诉讼中的侦查、审查起诉等阶段,如果证人、犯罪嫌疑人为聋哑人需要配备翻译人员,在询问或讯问时必须为其聘请翻译人员。而在实践中,聘请翻译人员存在随意性,有的由主管副检察长批准,有的是办案处室的领导批准,有的案件甚至直接由办案人员决定。

第三,手语翻译人员介入诉讼阶段混乱。在司法实践中,往往存在同一名手语翻译人员参与案件侦查、公诉、审判全部诉讼环节,或者共同犯罪案件中同一名手语翻译人员同时为数名犯罪嫌疑人或证人进行手语翻译等情况, 这在一定程度上背离了刑事诉讼基本规则精神的要求,无法保证司法的客观公正。

第四,手语翻译人员回避制度形同虚设。虽然刑事诉讼法为了保证执法的客观公正,规定了翻译人员适用办案人员的回避制度。但在司法实践中,由于聘请翻译人员多属于临时性工作,司法机关事前很少全面调查和掌握翻译人员是否与案件有利害关系,是否具有法律规定的回避情况,而且在讯问、取证、庭审时很少向又聋又哑的诉讼当事人告知具有申请翻译人员回避的权利,使回避制度在刑事诉讼中未得到全面落实,一定程度上背离了刑事诉讼基本规则的要求。

第五,手语翻译人员的权利义务不明确,无监督和制约机制。目前,手语翻译人员与办案单位的关系更像是一种雇佣关系,翻译人员付出劳务,办案单位支付报酬。翻译人员应当如何履行翻译职责,应当享有哪些权利,履行何种义务,都没有细化规定,一旦出现翻译人员故意误导或重大过失翻译失实,或者帮助犯罪嫌疑人串供等情况,如何追究其责任缺乏法律依据。

问题是现实存在的,改进却尚需时日,亦必得制度的完善和措施的加强。

"不因为无声者弱势,就去欺凌,不因为他们无助,就去旁观,生而为人,总要有点儿正义之气。"

据说,在某一次庭审上,唐帅直接打断公诉方手语翻译的演示,指出对方偷工减料,完全跳过了"庭审规则和被告人所享有的诉讼权利"那一大段内容。那个资深的手语翻译唰地红了脸,因为从来没有人像这样质疑过他。

也有人指出唐帅长期被"负能量"包围，性格偏激，一点儿小事也会大动肝火。一次，原本有朋友请唐帅中午 12 点到某商圈"吃大餐"，他一身西装革履准备出发，却意外地发现车胎爆了。车胎爆掉在寻常人眼里算不得大事，也就是联系修理店换胎，能干点儿的人，还可以自己换。唐帅却沮丧地告诉朋友他可能去不了了，因为他必须要先把车弄好才能安心吃饭。朋友很是奇怪，继而打趣他："从你那里坐轻轨过来不过三站地。是不是开车开久了，越发娇贵，都不习惯坐公交了？"没想到这样寻常的打趣，竟引得唐帅一阵急躁的怨怒："不懂不要乱讲！"电话挂掉，朋友一上午都没能联系上他。直到当天下午，唐帅才打来电话向那个朋友致歉，说车对他来说异常重要，没有车，他就去不了那些偏远的不通公交车和轻轨的看守所。而且，同智能手机是不可或缺的存在一样，唐帅的车随时都处在待命状态，一个电话打来就要奔赴某个地方。就像这天，他本来的行程是开车先与朋友在某商圈聚餐，然后再开车去二十千米以外的郊区调查取证。因此，车胎突然爆掉让唐帅差点儿抓狂。实际上，那些一点就着的"小事"，都和他手头正在进行的事情密切相关。

为冤屈的聋哑人维权打官司的唐帅，许是长期浸没于阴暗之中，有人评价他"执着得让人生畏，甚至不给人留一点儿商量的余地，性格似乎怪异难测"。而在某个周日的午后，星巴克的舒适座椅里像猫一般团着、穿灰白相间薄毛衣的年轻男人，眼睛逗趣一般打望着来往的行人，他甚至一眼能够看出"不远处那对手牵手的情侣，谁对谁更迁就"。那时尚且轻飘飘的模样，又让人很难将其与那个执拗古怪的唐律师挂上钩。虽然，这种场景很罕见。

"刑辩资源"

那些急切向唐帅涌来的陌生人，微信头像花花绿绿、形形色色，来自不同地区，北至新疆，南至海南。几乎没有什么文字输入，只有一个接一个的视频。在随时响起的视频通话中，他们没有言语，没有声音，只有动作和表情。无论男女老少，清一色的神情焦急，几乎都是蹙着眉、咧着嘴，快速打着手势，向唐帅抛出一个个看似简单的问题：怎样办结婚手续？律师和法官有啥区别？在家被打了怎么离婚？

很少与同行"混圈"的唐帅，是"神秘"的。

在重庆的律师圈子里，关于"神秘"的唐帅拥有一身"刑辩资源"的传说由来已久，这点我也早有耳闻。在大渡口破败的金属厂家属区，遇见那些聋哑的亲热的熟人时，唐帅曾对我说，那是他生下来就拥有的资源。可天地广阔，福利厂只是太小的一角，缘何唐帅能够吸引全国聋哑人的注意？急需法律援助的聋哑人哪怕远在西安、北京、深圳，都会朝大渡口——这个重庆最小的主城区赶来，找唐帅帮忙。

如果说，是唐帅七年的手语翻译生涯事先"预热"再汇聚成这样的态势，似乎也不完全对。想一想，一个律所一年接到的聋哑人报案数就有五万人次之多，这样惊人的数字，是什么概念？

一次，唐帅到某省城参加当地聋哑人协会和残联举办的公益普法活动，被几位聋哑人簇拥着走进现场。里面有一屋子的人，却没有我以为会有的热烈掌声——因为聋哑人并不知道啪啪的响声所蕴涵的意义，所以，一开始只有寂静，但是，一种兴奋的情绪藏在寂静中。随着人们快速变幻的手势和喉间发出的含混声响，这种隐藏的情绪慢慢绽放开来，形成一种浓烈的欢迎的氛围。这样一种场景，若正常人观之，不禁都会感觉：近乎无声，却十分震撼。

据说，唐帅到全国各地，闻讯最先迎接他的，并不是那些颇为熟识的司法界人士，而是当地的聋哑人——被他帮助过的聋哑人带着心怀好奇和敬意的聋哑朋友，真诚地欢迎他。

"很简单，聋哑人群本身需要法律，这是他们的'刚需'。至于为什么我被他们需要，是因为我不仅仅是一个律师，更是他们的知心人。从出生开始，我的生活就与聋哑人有千丝万缕的联系，我能理解他们，基于这种贴心的理解，让他们能够信任我。最关键的是，我对他们实心实意，不曾辜负过他们。他们，是我几乎全部的资源。"唐帅说。

"刚需"是最重要的牵动力。

最初让唐帅出名的是一条不长的宣传视频，两年前由一直支持唐帅事业的重庆市大渡口区政法委发布。在几分钟的片子里，这个比画着一手漂亮手语的"85后"年轻人，在片中被介绍为"手语律师"。

片子里有唐帅的联系方式。很快，人群向唐帅涌来。微信响个不停。唐帅一一通过。

那些急切向唐帅涌来的陌生人，微信头像花花绿绿、形形色色，来自不同地区，北至新疆，南至海南。几乎没有什么文字输入，只有一个接一个的视频。在随时响起的视频通话中，他们没有言语，没有声音，只有动作和表情。无论男女老少，清一色的神情焦急，几乎都是蹙着眉、噘着嘴，快速打着手势，向唐帅抛出一个个看似简单的问题：怎样办结婚手续？律师和法官有啥区别？在家被打了怎么离婚？

唐帅用手语一条条作答，发出。与此同时，一条条好友请求还在飞快弹出，很快淹没了手机屏幕。

由于聋哑人爱聚团，互相分享各种信息，关于"手语律师"的视频才会如此剧烈地传播发酵。很快，他的好友数量达到五千人的上限。

红点不断闪烁，手机振动声此起彼伏，这早已是唐帅生活的常态。夜里，唐帅也不会关掉手机。他的睡眠早已被根深蒂固的责任感和随时前来的信息破坏殆尽，"怕他们最难的时候不能找到我。"聋哑人这个特殊的群体，总是喜欢在晚上倾诉或者求助，因为白天他们中的大多数需要从事烦琐的劳动。所以，唐帅从当律师开始，便睡得很浅，对手机微信提示声格外警觉和敏感。

"我最怕夜里手机突然没电。"唐帅说。

除了心理咨询师认为的"情怀强迫症"，唐帅还有"充电强迫症"。"充电强迫症"是我发现的。每次约他访谈，无论是在办公室还是在咖啡馆，他都会在中途摸索出一个充电器来。甚至某次在街上，还出现过他发现自己手机只有一格电量，又忘带"充电宝"，然后四处寻找插座的慌乱情形。

"我最怕手机停了一夜之后，第二天早上开机，潮涌般的信息会令人措手不及。这样的话，重要的信息在手忙脚乱当中可能被遗漏。"唐帅说。

比如，若下面这条信息被唐帅遗漏了，可能错失的就是一条年轻的生命。

2018 年的一个夜里，大约凌晨两点，刚刚放下手中卷宗才眯了一小会儿的唐帅，被身旁的手机振醒。

他揉了揉惺忪的眼睛，打开手机一看，不好！

就在刚刚，有人转给了唐帅一个视频，大约有七分钟长，画面里一个满脸青春痘的年轻男孩，正对着镜头用手语比画着什么，神情亢奋，语无伦次。一般人会对这样的视频一闪而过，而唐帅却在看到这样一串令人心惊的手势后，打了一个冷战，脑海里像过电一样浮现出这行字——

"对不起，聋哑人朋友们，我要自杀了。"

唐帅吓了一大跳，当务之急是要立刻找到那个想要轻生的聋哑人，别人把这个视频转给他，就是相信"人脉广泛"的他能够救人。在唐帅的微信里，有上百个聋哑人群。唐帅立即以最快的速度，把视频转到自己微信上所有的聋哑人群，"谁认识这个小伙子？快救救他！"

不到十五分钟，这个坐标内蒙古的聋哑人便被人认出，并被成功营救。当时，这个小伙子正独自一人在酒店的房间里，最近接连发生的事情让他心灰意冷，最大的打击是失恋。唐帅与这个刚被救回的小伙子取得联系，在微信视频里用手语开导了他将近两个小时，直到彻底帮他拨散死亡的雾霾。

"你想想，你才十九岁，好年轻。有什么能比活着更美好呢？活着就意味着一切皆有可能，活着就有希望，你说呢？"

视频上，看着对方渐渐释然的神情，唐帅才松了一口气。"如果要在全国找一个聋哑人，通过我的手机，基本上都能找到。"唐帅苦笑着对我说,"我可以算得上是全国聋哑人的一个联络站。"

手机上,无数的好友,上百个群聊,每天点不完的小红点让唐帅操碎了心。

每个小红点的背后都可能藏着一个纠结无助的眼神,来自全国近三千万聋哑人中的其中一人。那个人,可能刚遭受了一顿毒打却求告无门;那个人,可能刚被骗去了身上最后一分钱;那个人,可能是含冤蒙屈的聋哑孩子的母亲,正以孩子的名义求助;那个人,可能是被老板拖欠了一年工钱的聋哑工人;那个人,也可能是被骗进淫窟好不容易才托人发出求救信号的聋哑姑娘。

像星星般闪烁不休的小红点,成百上千求助的聋哑人的对面,只是一个身材远远谈不上高大,甚至在寻常人看来有不少"瑕疵"存在的年轻男人。他很普通,像任何一个普通的重庆人一样,嗜辣,喜欢去街头巷尾吃那些深藏不露的"老火锅",有人请他吃清淡的日式料理,他竟随身携带一个小塑料袋,里面装着可以令一个外地人食之而晕的干辣椒粉——没错,他会剥开白灼大虾然后蘸辣椒粉吃。但他又绝对有别于茫茫众人,只因为他——聋哑人手机那头的重庆小伙子,是中国唯一的手语律师,唯一勇于站出来替这个群体发声的手语律师。正如前文所述,手语翻译是稀缺的,而全国千万聋哑人遇到法律问题的时候,能与之无障碍沟通的律师更是几乎没有,唐帅就是目前为数不多的、正在做这项工作的人。

我注意到,许多媒体报道唐帅这个"手语律师"的时候,都特别关注"唯一"这个词汇。事实上,在我跟踪采访唐帅数个月以后,我渐渐发现

"唯一"这个词虽然引人注目,但却不是最重要的——最重要的应当是"心心相惜"这四个字。是的,他可以在聋哑人前来求助时悉心安排他们的食宿,几近免费为他们提供各种法律服务,这些算得上热心,而是否真诚,还得看更多的细节。譬如我们许多人,连在轻轨上看见身旁啊啊发声打着奇怪手势的聋哑人,都要扭过脸去,或者刻意回避,因为他们"很古怪"。而唐帅同样是个健全人,也越来越体面,但他被一大群聋哑人围着却特别开心,他们贴得很近,自然地勾肩搭背,还一直大笑着。在办公室,唐帅用自己精选的那套上好茶具,接待过很多聋哑人,尽管他们中的大多数看上去穿戴得不那么整齐。唐帅殷勤递过去的一盏香茗,可能会被对方一口吞掉,然而唐帅却很自然地转身又去倒上一盏。这些,才是心心相惜的真诚所体现出的细节。

心心相惜,为唐帅赢得了聋哑人发自内心的信任。世界上没有什么比信任更可贵的。试想,如果仅仅是作为"唯一"的手语律师存在,态度倨傲不逊,坚持"物以稀为贵",要价居高不下,或者把这个"唯一"作为索取名利的器物,我深信,生活在社会底层的聋哑人绝不会对唐帅趋之若鹜。

唐帅算得上是聋哑人圈子里的"明星",在充斥着各种明的暗的规则的律师圈,唐帅也越来越有名气,但是,在国内知道唐帅名字的人并不多,哪怕是在他处理了一系列精彩程度足可改编成电视连续剧的聋哑人案件之后。若不是 2018 年 5 月,这位"孤独"的律师,因为自行设计的一个不大起眼的视频栏目吸引了外媒的注意,还因此登上 BBC(英国广播公司的)官网主页,或许他会一直隐匿在普通人的视野之外。

BBC 为什么会关注到唐帅？

因为他这样的律师，在国外也不多见，只是某些国家对残疾人的关注度更高一些。美国是全世界拥有手语翻译最多的国家，在美国，手语翻译已成为一门职业，健全人学习手语翻译，从事为聋哑人上学、就业、参政议政提供服务的工作，手语翻译从业必须持有资格证。加劳德特大学(Gallaudet University)还设有手语翻译硕士学位。据说在美国等国家，聋哑人利用电子邮件和网上聊天进行通信联络十分普遍，聋哑人在线服务更是充分完善。主要有在线手语服务(聋哑人通过有摄像头的联网电脑与服务网站的手语翻译人员进行手语翻译、手语交谈、手语学习、咨询等)，在线手语学习可打开所需的手语词典、手语句子、手语交谈片段、手语故事等，有真人手语演示和三维动画人物演示等不同种类。此外还有众多的聋哑人在线社团、心理、就业、学习及宗教服务，等等。

唐帅做的一些事情，在全世界的聋哑人事业里也算走在了前沿。

唐帅的同行跟我说过，"刑辩资源"不仅包括有人来找你，还包括你能否"打赢"的各种"关节要害"。做刑事案件辩护是干"大活儿"，如今替人打刑事官司不仅需要人脉——公检法的各种关系，还要考虑到方方面面：你要想到，你要辩驳的是国家的公诉方，尤其是若你想方设法取的证，直接推翻了公诉方所列的关键证据，那会不会给你带来不好的影响？毕竟已有不少刑辩律师为给别人打官司而把自己卷进去的先例。要小心，"妨害司法公正"这样的罪名可不简单。

唐帅却大大咧咧地告诉我，取证只要合理合法，证据合乎本来的案件面貌,那么就不会有任何后顾之忧。但取证是艰难的,既需要细致入微的观察,还需要"破除万难深入现场"。很多时候,与他之前所接的"聋哑人公交车偷盗案"——找出"法理"之外的"情理"——情形大不相同。

2017 年,高中辍学、从区县跑到主城的十八岁少年小张,因为找工作接连碰壁,很快就沦落到四处流浪的境地。一天,他走进了一个公园,想在此处将就一天。也许是一个清秀少年反复徘徊、无处落脚的样子引起了某些人的注意,有一个陌生青年走过来拍拍小张的肩膀,又随手递上一支香烟。通过简单的套近乎,这个陌生人便得知了小张的所有窘境,以及在大城市挣钱的渴求。陌生青年告诉小张一条生财之道,他只需要在公园小树林一侧人迹罕至的长椅上一直坐着,就会有一个男人过来搭讪。话说到这里,陌生青年压低声音神秘兮兮地嘱咐小张,这个男人无论说什么你都答应,他肯定会让你跟着他走——到他家去做客。没事,你跟他走就好,我们会跟在后面保护你。

为什么?这样不是挺奇怪的吗?

小伙子,这个你不用多问,跟他到家我们就付钱给你,足够你接下来一段时间的生活,吃喝玩乐都不愁。

当时,无数的问号,已然在涉世未深的小张心中升起,但在大城市生存的欲望,却实实在在压过了一切对未知事物的怀疑和恐惧。公园小树林的一侧,的确人迹罕至,是男性同性恋者的隐秘乐园,这里有你情我愿的"禁忌之恋",要达成肮脏交易的搭讪也常常在此发生。那天细雨蒙蒙,小张忐忑地坐在公园的长椅上,等待着。不多一会儿,真的有一个男人过来了,他对稚嫩的小张很感兴趣,他希望小张能到他家里坐坐。

小张依言跟着那个男人走了。一直藏身暗处的陌生青年带着几个人,尾随着他们。最终,那个搭讪小张的男人在进入自己房间的一瞬间,猛然发现跟着进来的不止小张,还有几个凶恶的男子。凶器紧接着抵在男子的胸口,作为不许发声的威胁,一起抢劫案就此发生。面对如此令人错愕不已的情况,小张起先惊得目瞪口呆,后来在那伙人的诱惑怂恿下,顺手拿走了被害人的一部手机。案件发生后,慌不择路的小张首先被捕。虽然懵懂无知的少年拼命喊冤叫屈,但铁证如山,他作为抢劫犯罪嫌疑人被关押审查,即将被公安机关和检察院以"入户抢劫"罪起诉。如果罪名成立,青涩的十八岁少年将面临长达十年以上的刑期。

离家少年被羁押的噩耗传回家乡。少年那一辈子"面朝黄土背朝天"的父亲急得都快白了头。老汉跌跌撞撞地赶赴重庆主城,却又见不到已被作为抢劫嫌疑犯羁押的儿子。有人告诉老汉,他儿子的这种情况需要请律师来帮着打官司,但价格不菲。只要能救出孩子,砸锅卖铁也愿意,老汉在这点上很坚持,他相信孩子一定不是故意作恶的。也是在重庆城里,他偶然听说大渡口区有一位叫唐帅的年轻律师,致力于帮助聋哑人,扶助弱势群体,官司打得很好。老汉两眼一抹黑,没有做更多的分析判断,便决定去找那个"唐帅"。是啊,唐律师能给"无声的人"引一条明路,也一样能给他不懂事但绝对不是"坏人"的儿子引一条明路。是呀,在城市熙熙攘攘的大街上,这个来自农村的老汉和他的儿子何尝又不是"无声之人"呢?

拿定主意后,老汉先回了趟农村,开始四处筹钱——给儿子请律师的钱。变卖一切值钱的东西,只剩家徒四壁,再豁出脸面向亲戚、乡亲借钱。

"我这辈子都没有借过钱,这次借钱真是迫不得已。"老汉说,"在城里,我问了警察,他们说我孩子这种情况,可能会判到十年以上。他今年才十八岁哪!十年以后出来什么都毁了!"

救孩子要紧,救急不救穷,你这是急事!借他钱的亲戚朋友都很理解。可乡里乡亲也都没钱,数天的焦急筹措之后,最终汇聚到老汉手头的,只有元角分凑成的一万块钱。

再去主城。一路转车,一路问人,老汉终于找到了"天安数码城",找到了位于 B 座大楼的律师事务所。站到唐帅面前时,老汉穿着一身旧军装,脚上的帆布胶鞋早已在泥泞和雨水的侵袭中湿透,鞋尖已经脱胶,露出了脚趾。担心老人家在深秋的天气里受凉,唐帅赶紧一面倒出一杯热水递给老汉,一面让人拿过一双布拖鞋给老人家换上。就在老汉脱下鞋的一瞬间,一股刺鼻的气味几乎"要把整个律所熏上了天",几个女孩儿立马捂住鼻子回到自己的工位上。而唐帅依旧淡定微笑着,扶着老汉坐在自己身旁,听老汉讲孩子的案情及诉求。

"唐律师,你相信我,我儿子是个老实人,不会有意犯下这样的案子……他才十八岁,肯定是一时糊涂哇!还求法律求政府求社会能给小孩子一个改过自新的机会。"老汉抓着唐帅的手,反复哀求。

"您放心,我一定尽力。"唐帅轻轻地抚着老汉的背。

末了,还是谈到了律师费的问题。这时,老汉惭愧地低下头,那双饱经岁月沧桑的浑浊的眼里,刚燃起的希望之火一点点儿黯淡下去。"唐律师,我……我身上只有一万块钱,可能不大够……"在这之前,老汉也听人讲过,说刑事官司至少得给辩护律师三万块钱,如果请的是主任级别的"大律师",就会高达十万。他辛苦筹措的一万块钱,实在差得太远。

"不用那么多。这么小的孩子判十年确实太可惜。您托付的事,不论钱多钱少,我都会尽力。"唐帅拿起水壶给老汉续上热水。

老汉没有想到的是,唐帅不仅没有嫌他钱少,甚至还退了一千块钱给他——大伯,我可以不收您的钱,但律所其他人还需要工资养家糊口,所以九千块钱我就收下了。这一千块钱您拿去,作为您这些天在主城的食宿费用。

这件两年前的案子是别人告诉我的。唐帅只轻描淡写地跟我讲起过他接这个非聋哑人案子的经过。但当时他与当事人老父亲相处的细节,却被其他人补充出来。因为留给旁人的印象太深了。

唐帅接下这个案子后,第一件事就是调阅卷宗,对其中的疑点进行调查取证。从嫌犯的口供和各种旁证来看,年少无知的小张确实是受到了坏人的唆使,客观上以"欺骗"的方式侵入他人住宅,并犯下了"入户抢劫"的罪行。一切看起来都严丝合缝,一点儿回旋的余地都没有,似乎少年的不幸,命当如此。合起卷宗,唐帅对案子的辩护感到有些无力,恰在此时,他忽然留意到警方拍摄的一张不起眼的案发现场照片:一间屋子,三面都没有窗,靠墙是一张简陋的铁架床,床边有一只拉杆箱,箱子被拉开了,里面的衣服露了出来。这个案发现场看上去并不像个家,或者说不是正规的住宅,却更像是个宿舍或工棚。想到这里,唐帅忽然一个激灵。

《刑法》第二百六十三条规定,以暴力、胁迫或者其他方法抢劫公私财物的,处三年以上十年以下有期徒刑,并处罚金;有下列情形之一的,

处十年以上有期徒刑、无期徒刑或者死刑,并处罚金或者没收财产:

(一)入户抢劫的;

(二)在公共交通工具上抢劫的;

(三)抢劫银行或者其他金融机构的;

(四)多次抢劫或者抢劫数额巨大的;

(五)抢劫致人重伤、死亡的;

(六)冒充军警人员抢劫的;

(七)持枪抢劫的;

(八)抢劫军用物资或者抢险、救灾、救济物资的。

其中,《刑法》确立"入户抢劫"作为加重处罚的法理依据。《刑法》加重处罚"入户抢劫"的本旨目的,就在于保护居民家居生活的安宁平和、保护未经许可他人不得擅入私邸的住宅权及个人休养生息的隐私权利不受侵犯。"入户抢劫"触犯了《刑法》规定第二百六十三条抢劫罪和第二百四十五条规定非法侵入住宅罪。

但是,《刑法》中的"户"却是有特定含义的。"户"是指住所,其特征表现为供他人家庭生活(而不是工作生活)、与外界相对隔离两个方面,前者为功能特征,后者为场所特征。"户"包括封闭的院落、牧民的帐篷、渔民作为家庭生活场所的渔船、为生活租用的房屋等。

《刑法》认为,一般情况下,集体宿舍、旅店宾馆、临时搭建的工棚、单位的办公楼、学校、公共娱乐场所等不应认定为"户",但在特定情况下,如果确实具有上述两个特征的,也可以认定为"户"。最终,要根据抢劫行为实施时,某场所的用途来确定该场所是否为户。比如,城镇中有些房屋白天当商店使用,作为对外营业的场所,晚上则作为家庭住房,那么就要根据行为人实施抢劫行为时房屋的用途来确定犯罪场所的性质。如果在白天对外营业期间抢劫,不能认定为入户。如果在晚上关门以后进行抢劫,该房屋就不再是营业场所了,而是家庭生活场所,这时,就认定为入户抢劫。

一个火花绽放在唐帅头脑中,他决定去实地勘察一下,看看"案发现场"到底算不算真正意义上的"户"。

唐帅打听到了案发现场的具体位置,在一栋小区的居民楼里。通过旁敲侧击地向小区居民询问,唐帅得知案发的这套房子面积很大,有一百六十平方米,房间好几个。除了留下自己住的地方,其余的房间都租出去了,据说同时租给了十来号人住,"那套房子里每天人来人往的,热闹得很。"

租给十来号人住?集体宿舍性质?一个猜测已然形成,唐帅有些激动。那天是下午,年轻人应该都上班去了,如果房东好沟通,立刻就能取证。唐帅上楼去,敲门,半晌,门前的猫眼有了点儿动静。一个中年男人把门开了一道缝,恰好只露出小半个脑袋,眼珠子滴溜溜地上下打量着眼前的陌生人。

"请问您是房东吗?"

"是!如何?莫找了,房子都租出去了!"

"我不租房……我……"

"那你是谁?你过来找谁?"中年男人立即瓮声瓮气地问,很是警惕。或许,曾在这套房子发生的抢劫案,已经把这位房东吓坏了。

"我是律师，前来取证，麻烦您开下门……"话音未落，中年男人已经迅速关门上锁。看得出来，他不想再过多地与此事发生联系。

扑空，一无所获。从楼上下来，唐帅一脸沮丧。起先上楼时碰到的一个遛鸟的老伯认出他来，戏谑地问："怎么着，没找着人吧，进不去哈？"唐帅点点头。"哦，要是个美女找他可就不一样了，那家伙好色得很，以前呀，没少风流，加上又没老婆。现如今也常看见那人领些做那事的女娃子进屋。"老伯半开玩笑地说。

说者无意听者有心。抱着再试试的想法，唐帅叫上了律所的一位美女律师，一番谋划后，准备第二次出击。女律师画着精致的妆容，穿上短裙黑丝袜，故意弄出一身"风尘味"。两人趁天黑再次朝那栋居民楼奔去。这回，由女律师叫门，唐帅则带着相机藏在一旁。或许是因为在猫眼里看见的是一个漂亮女孩儿，房东便放松了警惕，开了门。

"你，干啥的？"那中年男人盯着女律师压低声音问，两眼一直在她的脸蛋上打转。

"大哥，需要服务吗？"女律师娇媚地说。

"你怎么知道这里的？"

"我姐妹说大哥好好的。"

"多少钱呀？"中年男人色兮兮地问。

女律师举起三根指头。

"三十？"男人问。

"当然是三百元啦！"唐帅一下子冲了出来。

房东认出他，瞬间慌了神，想要关门。唐帅却抢前一步，倾斜着身子,把门死死地抵住。唐帅一面从兜里掏出证件,一面大喊:"我是律师唐帅,依法前来取证,请大家支持配合,请大家支持配合!谢谢!"

这么大的响动,一时间,房子里几乎所有的门都开了——租户们纷纷出来看热闹,有大人有小孩。原来,这套房子被分出八个隔间,租给了八户人。这明显是一个"集体宿舍",要取证的东西就在眼前。

事实证明,唐帅的猜想是正确的。众目睽睽之下,加上租户们的指指点点,房东最终悻悻地放弃了对依法取证的抗拒。唐帅终于亲眼见到了案发时的那个房间,那应该是一个由储藏室改成的房间,四面无窗,白天也必须开灯才能看得清里面的情况。当时,受害者就是带着小张进入这个房间,接着,被尾随而来的抢劫犯威胁侵害。

开庭审理小张案子的时候,唐帅拿出了自己的取证材料,证明案发现场属于"集体宿舍"性质,并非《刑法》所认定的"户"。唐帅举证完毕,法官当即宣布休庭。

再度开庭,法庭经过审理认定,公诉方所指控的"入户抢劫"罪名不能成立,应定性为"普通抢劫",并按照"普通抢劫"的标准量刑。同时,被告人小张是受人唆使,并且是应受害人之邀进入房间的,加上案发时属于初犯从犯,最终法院给予了从宽处理,判处其有期徒刑一年半。

懵懂无知的少年终于不用带着不甘在狱中蹉跎十年,亦因此得到了法律的教诲。判决后,他的老父亲在法庭外紧紧拥抱着唐帅,激动得老泪纵横。

更另人意外和欣喜的是,时隔半月后,一个陌生的女人带着两箱"六个核桃"来到了唐帅的律所。她告诉唐帅,自己是案发那套房子的租户之一。唐帅那天来调查取证,恰好自己读初中的孩子也在,他亲眼目睹了唐帅和房东斗智斗勇的全过程。尤其是唐帅用相机拍照的模样,男孩觉得帅极了。

"妈,我要好好念书,读重点高中,读重点大学,将来也要做一名律师。"男孩对母亲说。要知道,那个男孩曾经是最厌学的问题学生,常常逃课出去打游戏,对父母辛苦打工挣钱的付出也熟视无睹,甚至还提出初中毕业就辍学的想法。而在目睹唐帅取证之后,原本令人头痛的"问题少年"竟产生了这样大的变化,使得家人惊喜不已。因此,母亲特地带着谢礼而来。

"作为律师,细致入微的观察,寻找一切对案情来说可能的突破口,这是首要任务。但在这个过程中依法取证、依法举证特别重要,证据要与刑法环环相扣,这是底线,也是红线。虽然,取证过程会有些曲折,有时也需要动点儿脑筋。这些,既是司法公正的需要,更是确保律师自身安全的需要。"唐帅说。同时,这也婉转回答了年轻同行们对"刑辩"的种种疑虑。

或许有人会觉得,唐帅在这件抢劫案中的取证方式确实带着点儿"故事"色彩,取证哪有那么多"弯弯绕绕"?但事实上,取证真的是一件很难的事情,虽然律师有调查取证的权利,但稍有差池,小则纠纷,大则官司。不仅仅是刑事案件,就连经济案件也是一样。曾有这样一个发生在广东的案例,足可让人警醒。

2017 年 12 月 4 日 14 时 40 分许,一位李姓律师驾驶车辆进入位于广州市白云区太和镇某厂房内进行调查取证,期间与谢某等人发生争执,李律师、谢某均报警,公安民警到场处理后于当日14时50分将双方从现场带至广州市公安局白云区分局太和派出所接受询问。

李律师主张其受当事人委托,在涉案现场调查委托人的厂房及资产情况时遭谢某限制人身自由。谢某则抗辩认为李律师未进行来访登记,未经身份证实即擅自闯入涉案场地,其依法制止李律师的行为,不存在限制李律师人身自由的情况。

法院经调取公安机关对双方所做的询问笔录,进一步查明了案件事实。虽然李律师主张谢某对其实施了无理谩骂、威胁、恐吓及限制人身自由等违法行为,但除了自我陈述及报警回执之外未能提交其他充分的证据予以证实。

公安笔录记载:李律师驾驶一辆凯迪拉克小汽车,在并未出示任何证件的情况下即闯入某电子公司,对该公司进行拍照,并跑至楼上翻找东西,被当时在公司的谢某拦截喝止,并发生争吵,大家互相拍照和报警。由此可以看出,双方就李律师未出示证件进行调查取证的行为产生争执后,均报警进行求助,公安机关在李律师开车进入涉案场地后约十多分钟便到达现场处理双方纠纷。

据李律师陈述,随后就其所驾驶的车辆是否跟至派出所处理涉案纠纷,与公安机关及谢某产生了分歧,打电话到多个部门投诉后,才最终到派出所处理涉案纠纷。纵观整个过程,未有直接证据显示谢某存在侵权行为,且双方在产生纠纷后短时间内公安机关已经介入处理,故李律师所主张的侵权行为无相应的证据予以证明,应依法承担举证不能的不利后果。

据此,法院认为,对李律师的相应主张,不予支持。因此,虽然律师在执业活动中的人身权利不受侵犯,但律师应当在执业活动中依法、依规地行使其调查取证等权利。

"换成是我的话,在自己调查能力有限或对方不配合的情况下,我一定会向法院申请律师调查令,持令调查将会便利不少,也能提升调查效果。"唐帅说。

无声罪恶

　　"你怕吗？听说这些黑社会组织，大都有自己的根基和背景，信息敏锐，手段狠辣，他们干得出伤天害理的事。你就不怕管这样的事，既不能赚钱，还有可能惹上麻烦，甚至遇到危险？"我听着这个故事，不禁担心地问唐帅。

　　"不怕，还有更危险的事呢。要知道，一旦站在受害者这边，宣布与黑恶势力对决，就没有退路了。"

有许多同行认为,现在律师事务所越来越多,要想成功是需要用心经营的,还必得经营出特色。这样看起来,唐帅的律所是颇具特色的,其特色就是"聋哑人刑事案"。有个律师还打了一个比方:一个饭馆的"水煮肉片"做得好,靠"水煮肉片"揽来了大批客人,"水煮肉片"价廉物美,客人越来越多,但也不妨碍他去卖高价的鲍鱼龙虾呀,因为名头毕竟打出来了。

唐帅对这些看法一笑置之。"对于未来谁也无法预知,但你必须知道自己的初心是什么,并且保持住。"采访中,我不止一次听唐帅说过这样的话。

"与其说我的特色是聋哑人刑事案,还不如说聋哑人的违法犯罪是有特色的,让一个法律工作者压根儿不能置身事外。聋哑人世界存在的黑暗和罪恶,常人是无法想象的,甚至今天的'扫黑除恶'行动尚需对其进行重点的清理整治。"唐帅说。

——有一个湖北的聋哑人被当地的聋哑人"黑社会老大"打伤了,

医药费花了一万五千元。这个聋哑人没有工作，生活困难，于是便硬着头皮去讨要那笔医药费。他辗转找到"黑社会老大"的父母，表达了自己的诉求。好在一对老人通情达理，他们自己养育过聋哑孩子，知晓聋哑人生活的艰难。父母呵斥一脸蛮横的儿子，要儿子向受害人道歉，还要求他当着受害者的面写下一万五千元的欠条——因为这个"老大"一再强调他这段时间手头很紧，承诺三个月后偿还这笔款子。三个月后，受害人按期前往"老大"指定的地点。他不知道的是，这里早已埋伏了数个摩拳擦掌的大汉，等待他的，不是那笔医药费，而是一顿更狠的拳打脚踢，令他几近丧命。这是发生在 2013 年的一起伤害案，此前受害人因为沟通问题和各种原因求告无门，直到六年后他看到"手语律师"的报道，才重新燃起维权的希望，一路从湖北赶到重庆。

——在贵州，一个聋哑女子被自己的公公性侵了整整三年。起初，她的聋哑丈夫外出打工，与她朝夕相处的公公便伺机对她下手，一次次强暴。待丈夫回来，惊惶屈辱的妻子给他讲起自己的遭遇和公公的兽行。可是，丈夫不相信妻子说的话，因为在这个聋哑人的眼里，健全的父亲说一不二，威严有加，是这个农村家庭的顶梁柱，在村子里也是响当当的人物，不可能干出这样的事情。受害的女子在当地无处伸冤，反而成为家庭乃至乡人的众矢之的。据说，这个女子跑到重庆向唐帅报案的时候，精神几近崩溃。唐帅及其团队积极地为她收集证据，可惜因为时间太久，大部分能证明强暴的证据已经找不到了。

——有几个聋哑人坐了几小时大巴，从四川某县赶来重庆，又辗转找到唐帅在大渡口的律所。一番询问后得知，他们长期被一个聋哑人团伙勒索欺凌,过来是为了"报案"。

——也有远在广东的聋哑人同样因为不堪敲诈勒索而找到唐帅"报案"。

"你们报案要找警察呀,不是找我!"最初接到"报案"时,唐帅有些哭笑不得。

四川那几个聋哑人用手语跟唐帅讲,他们早去过公安局啦,人家看不懂手语,他们又写不好字句,弄了半天什么也搞不成,只好灰头土脸地走掉。

这大概也是聋哑人找唐帅"报案"的一个主要原因吧。

唐帅粗略估算过,两年里,就有超过两百个聋哑人直接在微信上找他"报案"。是的,不是单纯的求助,开篇第一句话就是"报案"。有人被骗了钱向他"报案",有人被打伤向他"报案",有人被家暴向他"报案",有人被拐卖嫁到外地得空逃走也向他"报案"。

"帮忙报案"并不在律所的业务范围内,但唐帅从不拒绝。唐帅整套报案资料只收取两百元成本费,其过程却异常烦琐。

如果是刚刚发生的案件,唐帅会陪同受害人与警方接触,很多时候还会陪同受害人与警方第一时间返回案件发生的第一现场。如果案发现场在外地,则需要唐帅自掏腰包解决食宿。"我之所以要这么做,最主要的目的是在现场进行案情描述——我得给聋哑受害人做好手语翻译,这顶重要。由于有周边的环境作为参照物,有利于受害人回忆起更多案发时的细节,其中包括方位、走向、侵害发生的具体行为等内容,特别是在强奸、抢劫、故意伤害、绑架等严重暴力犯罪中,第一现场无比重要，因为现场可能遗留有大量物证，都是警方需要及时固定的。并且明确了地点，警方才能更快地采取侦查措施，如现场勘查、周边访问、物证提取等。"唐帅说。

"现场描述完毕，按照法定程序，警方必须为报案者制作询问笔录。如果是刑事案件，第一次制作笔录时还会给受害人一份《受害人权利义务告知书》——请仔细阅读，因为上面明确了受害人的权利和义务，有了初步的了解，才能更好地配合警方的工作。第一次笔录，一般又称为'报案笔录'，这个是非常重要的，需要对案件的时间、地点、人物、具体行为、嫌疑人特征，包括案件的起因、经过、结果等内容进行逐一详细的询问和记录。"

但大多时候，唐帅接到的聋哑人"报案"早已不是"第一时间、第一现场"的情况，有的案子已经时隔多年，甚至快超过法律的追诉期，比如一些强奸案和伤害案。每到这时，唐帅就不得不告诉不远千里前来的受害人：即使强烈意识到自己的权益受到侵害，但时至今日请不要急于报案，而是首先仔细梳理自己手中掌握的有关证据，因为"第一时间"和"第一现场"都已经不存在了。

"特别是在近几年的一些诈骗案件中，现场往往存在于网络之中，无法描述，那么就必须依靠证据说话。"唐帅说。

所以，唐帅会帮助聋哑受害人梳理证据，替他们制作报案材料，在知悉具体情况后，唐帅会先把案件始末详细记录下来，包括案件发生时各个独立事件的先后顺序，在每个独立事件中都有哪些证据或者异常情况，都细细地记录在报案材料里，尽管"写材料"会占用他大把的时间，"这样，当警察看到他们的报案材料时，就能很快地明确案件性质，在制作笔录时与报案材料相对照，能够节省大量时间，并且报案材料本身，就是重要的书证。在证据提交时，要尽量详尽，具体证据的效力问题，受害人无需担心，警方会依法进行鉴别以确定其对案件的实际价值。"

"帮忙报案"的事情日积月累，最终出现一年接报案数达五万起。而处理"报案"，大量挤占了律所接正常人官司的时间。每年上半年是"官司淡季"，唐帅奔忙不休却在经济上越发困难，在发完下属工资、确保家人生活费之后，自己仅靠一张信用卡周转。

某次采访唐帅，和他坐在一块儿聊天、喝茶。突然有一个聋哑人朋友的视频发过来，告急，向他借两千块钱，他立刻从微信支付里转去两千五百块，实际上，那时除了一张已经透支的信用卡，他就剩下了微信账户里的三千块钱了。"还有五百块，够你支撑生活吗？"我有些忧虑地问他。"没事，还有一群铁哥们儿支撑我，但这顿茶钱只好你付了。"唐帅却一脸俏皮地回答。在不知情的外人看来，"有律所有奔驰"的唐帅"有钱有范"，谁承想他还会遭遇如此"穷困潦倒"的光景。

这厢，"手语律师"唐帅为扫除黑暗不眠不休；那头，聋哑人世界的罪恶却是呈"进行时"。这两年，唐帅从聋哑人朋友那里收到的"现场视频"越发触目惊心。

——一个聋哑人蜷缩在被窝里瑟瑟发抖，门外有一帮人正在疯狂地敲门，他们是一帮聋哑恶汉。拍不行就踢，踢不行就直接撬锁。最终，恶汉们破门而入，为首的一人把那个吓得哆嗦的瘦弱聋哑人一把从被窝里拎起——他周身上下只着了一条短裤。凶汉做了一个手势，旁边就有一人手持木棒朝那个几近全身赤裸的聋哑人打去，一棒又一棒，出手狠辣，聋哑人在床铺上痛苦地翻滚，喉咙里发出模糊不清的哀号。随之赶到的聋哑人的妻子跪在一旁苦苦哀求，这群恶汉却毫不动容。待停顿下来，被打的聋哑人已是口鼻出血，神志不清。可片刻之后，这群人还是把他从床上拉下来，又是一顿拳脚相加。据说，这个聋哑人被送到医院抢救时，当即被下了"病危通知书"，进了重症监护室。

——两派聋哑人团伙约在某公园僻静的一角，准备以群架的方式了结纠纷。视频中可见，两派人马共六七十号人，全都着黑衣戴墨镜，手持棍棒器械，如同港片里的黑社会火并现场。视频里只有气势汹汹的开头，无法知晓这场械斗的最终结果。

……

尽管聋哑人朋友给唐帅发来的视频真伪难辨，但严峻的问题却真实存在。

在唐帅的指点下，我在网上搜索了以聋哑人犯罪为主要内容的新闻报道，时间从 2012 年开始，由远及近，其大部分主标题竟然不约而同叫作"无声世界里的罪恶"——

"无声世界里的罪恶"之一：

2014 年 6 月下旬，由公安部督办的"2012.11.19"甘肃省最大拐骗操纵聋哑人盗窃团伙案在武威古浪县人民法院一审宣判。多名一审获刑的被告人其实最初也是受害人。到底是什么样的力量，让这些聋哑青年一步步从受害人沦为盗窃嫌疑人？

"2012.11.19"专案组民警通过办案发现，由于聋哑人的朋友有限，且多为聋哑人，如果其中有一个走上不法之路，那么，这个人所接触的聋哑人群体则都可能成为被侵蚀、被拉拢的对象。"2012.11.19"专案里聋哑人盗窃团伙就是以这样的方式"发展壮大"的。

回溯案情，2012年11月19日中午12时许，在古浪县县城的一家农家乐门前，食客王先生发现自己停靠于此的车辆右后窗被砸了一个大窟窿，便立即上前打开车门查看，发现原来放后排座位上的提包不翼而飞，于是王先生立即向古浪县公安局报警。警方立即展开侦查，但是由于线索太少，破案陷入僵局。之后的几个月，古浪县又发生了十三起车辆被砸盗的同类案件，盗窃车主财物高达二十万元，这让警方倍感压力。

经过不懈的努力，警方的追踪终于有了重大进展。侦查资料显示，砸车盗窃系两男、两女组成的盗窃团伙所为，四人分工明确：有人盯梢，有人砸车盗窃财物，事成之后迅速开溜。而让警方印象深刻的是，在实施盗窃行为时，两名女子的作用不容小觑，她们自备了弹弓，确定目标车辆之后就用弹弓击碎车窗玻璃，然后迅速窃取财物。

就在警方缜密侦查此案时，武威天祝县华藏寺镇又发生八起车辆被砸盗窃案件，其中仅4月22日至4月23日两天就接连发生两起，盗窃车主财物八万元，作案手段和古浪县砸车案极其相似。经过通盘考虑，古浪县公安局决定将数起案件并案侦破，代号为"2012.11.19"专案。

2013年5月29日中午12时，在古浪县美食一条街蹲守的专案民警发现可疑目标：一对形迹可疑的男女各自拿着一把弹弓，确定目标车辆后，两人迅速用弹弓射击，砸开车窗玻璃，拽出车内提包，然后撒腿就跑。这次，民警迅速出击将两人抓获。但是，两名落网的嫌疑人都是聋哑人，为此警方请来专业的手语老师进行沟通，但是两名嫌疑人依旧不肯交代半点儿信息。而前期警方调查的线索显示，这个砸车盗窃团伙在甘肃省多市流窜作案，背后可能是有组织的聋哑人盗窃团伙。

为此，古浪县公安局向多地警方发出协查通报，考虑到该案可能涉及胁迫聋哑人盗窃，公安部亦将此案列为部督案件。而随后，通过全国各地公安机关汇总的信息，也查清楚了一名嫌疑人的真实身份。在专案民警的耐心劝导下，这名嫌疑人终于交代，他当初并没有想着偷盗，但是不偷就会被老大郭飞(化名)殴打。根据这条线索，民警继续深挖，终于查出了以山西聋哑人郭飞为首，引诱操纵在校聋哑学生砸车盗窃的犯罪团伙。之后，随着郭飞等多名嫌疑人相继落网，"2012.11.19"专案宣布告破。

郭飞，二十九岁，聋哑系后天疾病所致。聋哑后，郭飞上过特殊教育学校，但还是因为不能和正常人交流而感到非常自卑，离家出走后在外闯荡，后因沾染了小偷小摸的习气，曾被公安机关管教过。2010 年，郭飞决定自立门户，于是联系到曾在特殊教育学校一起上学的马某、曹某等同学进行盗窃，后来郭飞发现砸车盗窃"短、平、快"，便从陕西大荔流窜到甘肃省多地砸车作案。在这一过程中，通过同学串同学，郭飞不断吸收来自山西晋城特殊教育学校的聋哑学生加入了盗窃团伙。

据专案组民警介绍，起初大部分聋哑学生加入这个盗窃团伙，是抱着玩一玩的心态。一般当团伙成员通过自己的关系发展新同学加入后，团伙成员会带着这个新成员四处吃喝玩乐，让其感受到集体的"温暖"。然后当这个新成员发现大家干的是砸车盗窃的勾当而不愿参与时，则会换来皮肉之苦。纵观这个过程，郭飞等人用的策略完全是"温水煮青蛙"，当新成员明白时就已经晚了。

警方调查发现，这个团伙在成员的管理上很严格。作为头目的郭飞从不参与任何实质性的偷盗，但是对成员盗窃的基本功却抓得很紧，有时砸车老手实施作案，新手就在附近现场观摩，观摩结束后大家还要对作案过程进行点评，找出不足和差距。而在日常的外出偷盗中，郭飞总是让骨干成员和普通成员搭档，组成两到三人的盗窃小团伙。在小团伙中，新成员必须服从骨干成员的指挥，包括身份证、手机等物品均须交给骨干成员保管，由骨干成员统一安排小团伙成员的住宿和就餐，这样便避免了新成员逃跑的可能性。为了提高盗窃产量，郭飞还适时组织成员过集体生活，类似开表彰会，干得好则当众表扬，干得不好就得挨罚甚至挨打。而到了年底的表彰大会，干得好的成员不仅可以分数千元到一万元不等的赃款，还有机会出去玩。这样，便激励了所有成员的积极性。

在这个团伙中，郭飞将财政大权牢牢掌握。团伙成员盗窃得手，无论在什么地方都要通过银行卡迅速上交给骨干成员。同时他们对于出卖同伙、私藏赃物等行为均有严格的惩戒措施，如果哪个成员违反规定，轻则打耳光、罚站，重则铁棍殴打。正是在这样严密的组织下，"2012.11.19"专案里的聋哑人盗窃团伙从2010年以来一直有着稳定的结构,作案屡屡得手。即使被抓后,也拒不交代点滴细节。

误入歧途的聋哑学生就真没有机会逃走吗?专案组民警表示,客观地来说这些聋哑学生还是有机会逃走的,如这些聋哑学生过年的时候也可以回家,但他们会跟家人说"是自己不愿意上学了,还在外边找到了好工作"之类的话。过年之后,这些聋哑学生就又自觉归队了。案发后,一名嫌疑人的家长向警方交出了一万元的赃款,并心痛地表示,当初孩子拿回来一万块钱,他们还以为孩子不上学真的去外边挣钱了。虽然郭飞和骨干们扬言,如果哪个成员泄露秘密不干了,就杀害其家人加以报复。但纵观该团伙的实力,这些话顶多是威胁而已。只是到了后来,这些聋哑学生已从被动的偷盗逐渐发展成默认的行为模式。

在该案破获取证阶段,古浪县公安局民警曾多次到山西走访这些聋哑学生的家长。在这一过程中,民警也试图破解这个盗窃团伙到底施展了什么样的手段才将那么多聋哑学生骗入其中。得到的答案比预想的要简单很多:对这些聋哑人来说,和正常人交往有语言障碍,而在这个聋哑人组成的交流圈子中,大家可以用手语自由交流,这便是对彼此的最大信任。所以当郭飞的骨干们到聋哑学校物色人选时,交流不是问题,相反,由于大家都是通过手语表达,还多出一份信任感。正是这份信任,再施以小恩小惠,便让聋哑学生毫无防备就跟着走了。或许正是这个原因,近年来诱惑拐骗聋哑学生盗窃、乞讨的案件层出不穷,其实质就是聋哑人之间的天然亲近。而其结果就是,如果一个聋哑青年误入歧途,则他身边的聋哑同学、朋友都会被拉拢、被腐蚀。"2012.11.19"专案民警进行大量分析后发现,这个团伙的"发展壮大"就是这样形成的。

经古浪县人民法院一审查明，该团伙盗窃财物案值高达九十余万元。法院一审以盗窃罪判处头目郭飞有期徒刑十五年，另外两名骨干分别判刑十三年。其他聋哑盗窃嫌疑人分别判刑一年到九年半不等。

"无声世界里的罪恶"之二：

安徽六安警方近期破获了一起有二十多人参与的聋哑人团伙盗窃案。警方调查发现，当前聋哑人犯罪猖獗，一些在校聋哑学生也被胁迫或诱骗入伙，他们流窜作案，呈现出集团化、暴力化和智能化的新特征。挽救和保护聋哑人、建立全国联动的打击机制迫在眉睫。

据六安市公安局特警支队办案民警介绍，聋哑人犯罪团伙高度集团化，其组织分工呈专业化。此次警方抓获的以王杰群为首的聋哑人扒窃团伙，长期盘踞六安，在主城区的公交车上进行盗窃。团伙首领王杰群旗下有李岩、徐满清、陶良策、安静等骨干分子，通过他们控制在一线作案的聋哑人扒手，流窜于全国各地疯狂作案。公安机关查明，在不到一个月的时间内，其中一名骨干陶良策就曾向王杰群上交三十六万元的赃款。

"通过侦办这起案件，我们发现，聋哑人盗窃团伙已经形成了层次明晰、专业分工的组织结构。"六安市特警支队五大队大队长姚厚海说："他们有首犯(真正的幕后老大)、主犯(老大手下二级机构负责人)、一线扒窃人员共三个层次，呈金字塔式结构。每个盗窃集团之间又有横向联系，或是几个盗窃集团后面还有更高层次的老大。首犯王杰群属于六安片区的'地头蛇'，主犯带着一线扒手来六安行窃，必须向王缴纳管理费,听从他的安排。"

除此以外,聋哑人盗窃团伙内部有严格的等级及帮规。一线扒窃人员入伙时即被搜去手机、证件及现金,集团内部人员平时都用化名或代号,以"老师"和"学生"相称。团伙内规定下级要绝对服从上级,并且对新进人员进行专门培训。骨干成员给一线扒手分组,一般两三人一组,而且男女搭配。每组分配任务,每天、每月都要考核,完不成任务要罚跪、挨打。

办案民警张震说:"总而言之,聋哑人盗窃团伙集团化、专业化的程度之高,大大超出了我们的预期。"

据办案民警介绍,聋哑人盗窃团伙经常采取诱骗和暴力挟持的手段,将一些在聋哑学校就读的学生拐带入伙。"由于聋哑人之间有着特殊的沟通方式和与生俱来的心理认同感,盗窃团伙往往利用这一点,派出成员接近聋哑学校学生,在给予一些物质引诱后取得其信任,将其诱骗至团伙,而后采取威胁、恐吓等手段控制其人身自由。一旦学生不愿意从事扒窃,就会遭到毒打。"六安市特警支队五大队副大队长高苏平说。

据警方介绍,两名江西省体工队的聋哑人运动员也曾被聋哑人盗窃团伙以上述方式诱骗,从事盗窃活动,直至被警方解救。

"无声世界里的罪恶"之三:

九江市发生了一起聋哑人之间的杀人案,令人毛骨悚然的是被害者、嫌疑犯和被害者的妻子三人全是聋哑人,也就是说当时的凶杀现场是没有声音的。

据了解,当日孙业涛、郑小城二人一同前往孙业涛位于浔阳区新塘社区 28 栋某单元 501 室的毛坯房内,郑小城称因家中需要安装热水器向孙业涛提出借扳手, 孙业涛便让郑小城自己在卫生间的工具箱内找扳手。郑小城在卫生间内低头找扳手时,孙业涛突然用铁锤对郑小城头部进行击打。郑小城求饶未果,在与孙业涛进行搏斗过程中将孙业涛的铁锤抢下,击打孙业涛头部,致其倒地后随即离开现场。

值得注意的是,案发前一天,孙业涛的平板电脑上有关于如何杀人和处理尸体的浏览记录。如,"锤头砸头会死吗?""用锤子砸向头瞬间把人砸死,被砸的人会出声音吗?""杀了人后怎样才能完美地处理尸体,不留痕迹?"等。

由这些"黑恶"的案例可以看出,在与正常人泾渭分明的"聋哑世界"里,许多蒙昧的聋哑人相互抱团,共同犯罪。"聋性思维"让他们更看重表面的待遇和当时的好处,遇事也不愿往深处远处想。有时,在与他人发生无意的"碰撞摩擦"之后,也不大会有"原谅"这个词存在,多数会采取偏激的行为。多篇地方公检人员撰写的论文显示,聋哑人犯罪团伙绝大部分在社会上实施的是侵财性犯罪, 他们内部等级分明, 流窜作案,称偷抢为"工作"。

有一位资深公安人员还专门总结了聋哑人作案的具体特点:

1.聋哑人犯罪涉嫌的罪名主要是盗窃罪,故意杀人、暴力等犯罪相对较少。在实际行动中,单个聋哑人佯敲车窗然后拉开车门抢夺车内财物这类暴力程度较轻微的案件也较少发生。

聋哑人团伙抢夺他人财物的案件,在一些地方也比较常见。少数聋哑人实施故意杀人等极端暴力犯罪,往往系因为琐事、小额经济纠纷而激情杀人,大多为临时起意犯罪,一般没有精心预谋,而这些原因通常不足以导致正常人顿生杀机。

2.聋哑人的作案方式较为简单。其盗窃的常用手段是扒窃、顺手牵羊,很少通过撬锁、翻窗而入户盗窃。

聋哑人连续扒窃会形成不同程度的心理定势,形成对盗窃别人财物的"成瘾性",往往表现出对他人财物的专注性,一旦发现目标,眼睛先是紧盯着看大约两三秒后,然后迅速游离,身体慢慢地贴上去,伺机行窃。

聋哑人观察力敏锐,盗窃时相当专注,只顾眼前,心无旁骛,下手果断,很少瞻前顾后、犹豫不决,几乎没有心理压力。

除了"无声世界"自身所包含的罪恶,更有健全人针对聋哑人实施的犯罪活动。因为聋哑人的世界观并不健全,有的聋哑人会把这个原本复杂的世界想象得格外美好,很容易上当受骗。而一旦掉进恶人精心策划的陷阱,聋哑人除了挣扎,发不出任何呼救声,只能任人宰割。

唐帅曾救下过一群落入黑暗淫窟的聋哑女子。

十九岁的小娅(化名)是个四川女孩,生活在某个相对闭塞的小镇上。幼时因病失聪,在父母的呵护下,少女像一朵慢慢绽开的花蕾。当然,花蕾在成长过程中也饱含着梦想。小娅读过书,会手语,渴望像镇上的其他女孩一样,飞出小镇,飞出县城,去看看大城市的生活景象,是不是如她在电视上网络上所见，繁华如梦。梦很快就要变成现实，2018年开春，小娅遇见自己的一个老乡，嫁出去多年的一个聋哑女人。女人比画着告诉小娅，自己跟老公现在都在重庆工作，扎下了根儿。"妹子，重庆可是个大城市，到处是机会，到处都能赚钱。"女人冲小娅眨巴眨巴眼睛，"你知道我这次回来是为了干啥吗？招工！一年之计在于春，招到立马就能上岗，老板说了，一个月至少三千。"小娅心中的花儿开了，她赶紧向老乡表明了自己的心迹：我想去重庆看看。作为"老乡"的女人自然一口应承。小娅甚至向满腹疑虑的父母发了火，做出一定要出去的姿态。

女人带着未经世事的少女离开小镇，离开县城，来到重庆。岂知，即将盛开的花儿，遇见的并不是春天的和风细雨，而是摧残鲜花的人面恶魔。在重庆主城，女人把小娅交给了几个男人，接过一沓钱后，满意地离开了。原来，这个小娅所熟知的"老乡"在外多年，历经世事，早就面目全非。曾被拐卖欺骗的她，现在已经是人贩团伙的一个骨干成员，而她下手加害的都是和她一样的聋哑女子。小娅被这个为虎作伥的女人卖进了一个强迫妇女卖淫的犯罪团伙。被迫为这个犯罪团伙挣"皮肉钱"的，都是聋哑女子。团伙组织管理严密，而贴身看管"新进姑娘"的，也都是曾经的受害者。

小娅如此单纯，甚至还没有谈过恋爱，怎能接受如此悲惨的命运？她拼命反抗团伙对她的"管教"，绝食，拒不接客。团伙里的男人像驯服以往那些姑娘一样，先是拳打脚踢，然后是强暴轮奸，逼迫女孩放弃一切"人之为人"的尊严。出于无奈，小娅暂时顺从了。可是，魔窟里那些暗无天日的日子，令她度日如年。嫖客都是健全人，在那些男人眼里，聋哑女人根本就不是人,不会表达,也不会喊疼,只能任由他们发泄兽欲。小娅和她的同伴常常伤痕累累。

在这里岂能活得下去?一个"自救计划"在小娅心中暗暗成形。在看管者眼里,原本倔强的小娅越来越乖巧,越来越听话,他们也渐渐放松了对小娅的警惕。渐渐地,小娅有了上街的机会,当然,是在团伙成员的监控下,去商业广场主动拉客。读过书的小娅明白"有困难找警察"的道理。有两次在观音桥步行街,她都看见了警察——实际上是协警,一次她刚想往协警那边走,却被团伙成员叫到另一边去拉客,一次是她趁那些人不注意,快速走到一个协警身边,拉着协警不停地比画。协警自然看不懂手语,小娅越发着急,可又说不出来,只发出呜呜的声音。结果报案不成,反被团伙成员发现,被狠狠地打了一顿,关了几天禁闭。有了这样的经验教训,小娅终于明白,警察不懂手语,不会明白她想要表达的意思。小娅把她要表达的情况"请救救我"写在了一张纸条上,那一小段文字,她花费了大量时间,而那些时间,都是她千方百计挤出来的。本来对一个聋哑人来说,文字表达就太过艰难,而这段文字还必须尽力把一件复杂的事说清楚。

一段时间后,小娅又有了一次去步行街的机会。那天正值节庆,人很多,刚好不远处有一个警察正在巡逻。她趁看守者四处打望的空闲,往前跑了两步,在临近那个警察大概两米远的地方,从口袋里掏出纸条,团成一个小团,朝那个警察扔过去。警察刚好背过身去,纸团只是击中了他的后背,纸团很轻,所以警察并没有觉察。小娅紧张地盯着那个纸团,那个掉落在警察脚边的纸团,随着他步子的挪动而不断滚动,她多么希望警察能低一下头看到它啊。可是警察却被不远处几个争吵抓扯的男女给吸引住了,朝另一个方向走去。小娅依依不舍地离开,视线却一直没有离开那个警察,可是那警察始终没有发现那团"求救信号"的存在。小娅眼睁睁地看着,那个要紧的不起眼的小纸团,最终被清洁工人扫进装垃圾的簸箕里。

一定要出去!这样的信念在小娅心中越来越坚定。多次的自救失败,让她也明白了一点,必须找到一个懂手语的好人。可是,这样的人到哪里才能找到呢?6月初,她在一个看管者的手机上看到一段关于"手语律师唐帅"的新闻,因为是一则公益报道,所以文后还附了唐帅律所的座机电话和地址。对聋哑人来说,座机电话是没有用的,所以,小娅在几十秒的时间里牢牢记下了"大渡口区天安数码城B栋10楼义渡律师事务所"这个地址。一个新的想法形成,接着,她开始等待机会。

7月初,团伙接到"不利"的风声,准备转移到浙江的宁波、杭州。出于谨慎,他们没有选择在网上购票,而是直接派人持大量身份证去火车站购票。因为近半年来小娅一直表现很好,团伙头目对她很信任,这次,小娅被派去帮忙买票。暑假即将来临,火车站人头攒动,小娅以上卫生间为由,逃离了团伙成员的视线。早在购票的前一天,小娅已经详细规划了去唐帅律所"求救"的路线。脱身之后,她转了几趟公交车才到达很远的大渡口,在那里,女孩已经身无分文。她沿街用文句不通的纸片问路,步行找到天安数码城时,已是第二天的下午1点多。

律所短暂的午休被急促的门铃声打断。

这是唐帅第一眼看见的小娅:二十岁上下的年纪,瘦弱矮小,披头散发，上身着一件 T 恤，下身是一条牛仔裙，牛仔裙的两侧都有开衩，那个衩口开得很高，一直到大腿。从开门后她跑进来开始，整个人就始终处于惊吓过度的状态，身子一直微微颤抖着，双手慌乱地比画着，嗓子发出呀呀的叫声。

"妹妹，我是懂手语的律师唐帅，有什么可以帮到你的吗？"唐帅用手语慰藉仍处于惊惶中的小娅。

终于找到"手语律师"了。小娅安静片刻，哇地一声大哭起来，令人猝不及防。或许因为绷紧的神经瞬间松懈下来，或许因为自由的希望、噩梦的行将结束，让可怜的女孩再也控制不住自己的情绪。

"那天，从下午到凌晨，我们一直在给她做笔录，准备报案材料。她一直在哭，那种无法抑制的痛苦。笔录停停走走。"唐帅说。

笔录上，字字血泪。无数次，唐帅的拳头握得紧紧的。天理？王法？

"你怕吗？听说这些黑社会组织，大都有自己的根基和背景，信息敏锐，手段狠辣，他们干得出伤天害理的事。你就不怕管这样的事，既不能赚钱，还有可能惹上麻烦，甚至遇到危险？"我听着这个故事，不禁担心地问唐帅。

"不怕，还有更危险的事呢。要知道，一旦站在受害者这边，宣布与黑恶势力对决，就没有退路了。"

他救下小娅，设法联系上她的家人，并把报案材料和证据线索交给了重庆警方。两个月后，这个恶贯满盈的强迫聋哑妇女卖淫的团伙被一举端掉，警方从魔窟里救出几十个受害的聋哑女子。

"庞氏骗局"

扑面而来的海量信息,压得唐帅胸闷头晕,他只好暂时放下手机,走到窗边去透透气。突然,寂寥的天际划过一道闪电,惨白的光亮忽地一现,"对,就是那一瞬间,我几乎判定这就是一起'庞氏骗局',而且受害者数量之众,与包坚信其人的知名度和影响力成正比。"唐帅说。

在唐帅举办的众多针对聋哑人的普法讲座中，以及在他自己开创的网络普法栏目中，他都会首先讲到"庞氏骗局"这个案例。

就在 2018 年年初，唐帅在一个偶然的情况下，发觉并深入一个"庞氏骗局"的大案，甚至为了替众多受害聋哑人维权而数度涉险。那一年，唐帅协助警方破获一起全国最大的专门针对聋哑人群体的诈骗案——龙盈诈骗案，受害人数四十万，涉案金额高达五点八亿元人民币。

"因为身体上的缺陷，这群人身处法律的荒漠，他们中的大多数，对于如何维护自己的合法权利，特别是财产安全，几乎一无所知，这很要命。"唐帅说。

或许一般人会对"庞氏骗局"这个词汇略感陌生。

"庞氏骗局"，即金融领域的投资诈骗，是金字塔骗局（Pyramid scheme）的始祖，很多非法传销集团就是通过这一招聚敛钱财。这种骗术是一个名叫查尔斯·庞兹的投机商人"发明"的。"庞氏骗局"在中国又叫"拆东墙补西墙""空手套白狼"。简言之，就是利用新投资人的钱，向老投资者支付利息和短期回报，以制造能赚钱的假象进而骗取更多的投资。

查尔斯·庞兹（Charles Ponzi）是一位生活在19世末20世纪初的意大利裔投机商，1903年移民到美国，1919年开始策划一个阴谋，欺骗人们向一个事实上子虚乌有的企业投资，许诺投资者将在三个月内得到百分之四十的利润回报。然后，狡猾的庞兹把新投资者的钱作为快速盈利付给最初投资的人，以诱使更多的人上当。由于前期投资者的丰厚回报，庞兹成功地在七个月内吸引了三万名投资者。直到这场阴谋持续了一年以后，被利益冲昏头脑的人们才"恍然大悟"，但已钱财空空。后人称之为"庞氏骗局"。

充满利益诱惑的"庞氏骗局"，是在2015年传入中国的。最经典的是"3M"事件。那时候随着人们理财观念的增强，一个叫"3M"的理财产品，开始在中国的大街小巷传播开来。这一理财产品能够得到很多人关注的原因，自然是其与普通的银行理财完全不同的"暴利"。首先，资金回本快，以一个月为周期，三十天就可以连本带利的提现，这也是让很多投资者愿意去尝试的重要因素。其次，极低的投资门槛，最低只需要几十元就可以参与投资，最高也能达到几万元，当然是投入越多收益越多。最后，该产品不需要推荐，只要投资就会有收益，不管投资者愿不愿去推荐这个产品。那么，在这样的高收益、完全保本、快速提现的特征下，自然就吸引了人们去尝试，只要有一个人尝到了甜头，就会迅速地传播开来，从而使得越来越多的人加入。然而，这样的一种收益是短期的，在经历了几个月快速收益之后，几乎没有人能够控制住这种冲动，只会越买越多,期望能够一夜暴富。但是,随着投入的资金越来越多,当后续进场的投资者不能填充起前期投资者的回报时,这笔钱就会难以到账。最终,幻想破灭,项目方卷款而逃。

"如果我说让你来投资五千块钱,然后一个月后给你纯利息五千一百七十块,你干吗?对健全人而言,答案显而易见。"唐帅说,"大家都知道这根本就不可能,投资回报率高达百分之一百以上,哪有那么好的事?但这在聋哑人看来,可能是理所当然的。我曾经反复说过,聋哑人的法律意识很淡薄,很容易因看表面而轻信。"

聋哑人本就生活在底层,他们中的绝大部分人刚刚跨过"温饱线","骗他们的钱简直丧尽天良。始作俑者也是聋哑人,且在这个过程中极尽狡诈。"唐帅认为,"这起全国数十万聋哑人被集资诈骗的案子,充分体现了'巨骗'对聋哑人人性人心的把握,维权举证过程非常曲折艰难且危险,我几乎是抱定'同归于尽'的决心去做这件事的。这可以说是一件震惊全国的——也可以说是有史以来影响最恶劣的诈骗案件。"

前面曾经讲过,因为那个"手语律师"的宣传视频,一夜之间,唐帅的微信爆了,数千人请求加他为好友,从此,中国聋哑人涉法的大事小情几乎都可以体现在他巨量的"微信好友"里。而唐帅自己也一直密切关注着其中的风吹草动。2018年1月,又是一个夜晚,也就是相隔半小时不到,唐帅被拉进了数十个微信聊天群,每个群的人数都在四百以上。跟以往不同,过去唐帅每进到一个新群,都有热情的问候,以及泉涌而来的咨询,很是热闹。这次不同,数十个群都一直保持静默,唐帅再三询问:"怎么了?"但一时并没有人作答。沉默了许久之后,才有聋哑人发视频怯怯地回应：

"您是唯一的手语律师，只有您能帮到我们。"

"您，您知道包坚信吗？"

"知道，那是一个鼎鼎大名的聋哑人企业家呀！"唐帅回答，"他怎么了？"

又是一片沉寂。过了十分钟，有人带着犹豫，在视频中艰难比画了一个词——"骗子"。

紧跟着，群里爆炸了：

"你好！龙盈公司头目聋哑人包坚信，到各地拉聋哑人投资龙盈，是不是属于非法传销？"

"我们家里的钱全投资给他了，还能追得回来吗？"

......

对于群友频频提及的包坚信其人，唐帅并不陌生。那是一个在聋哑人圈里十分有名的励志人物，风度翩翩，且常常投身公益活动。他是全国聋哑人的创业偶像。

——包坚信，男，汉族，1972 年 4 月 29 日出生，浙江温州乐清人，湖南十大残疾人创业之星。头衔包括：亚洲聋哑人企业家、经营策略讲师、聋哑人创业导师、聋哑人心理专家、手语研究学者……

在聋哑人的圈子中，谈起卖灯饰的包坚信向来都是无人不知，无人不晓。自信的笑容，流畅的手语，交流中无时不透露出一股顽强的韧劲。

包坚信经常说：

"我们不能给世界带来声音,但我们能给世界带来光明。"

"上帝捂住了我的嘴巴,是希望我能少说多做!"

1972 年,包坚信出生在温州市下辖乐清市翁垟镇一个普通农民家庭。一岁半那年,包坚信因发烧被粗心的医生注射了过量药物而导致失聪。九岁时,包坚信进入一所正常人小学,因无法与人沟通及个别小朋友的歧视,变得郁郁寡欢,学习成绩很差。两年后,父母把他送到了温州一家聋哑学校。

在那里,他学会了手语。改革开放之后,市场经济浪潮席卷全国。当时,很多儿时的伙伴纷纷下海经商,包坚信的家庭经济条件不好,为了减轻家里的负担,最终决定辍学创业。当他把想法告诉父母时,毋庸置疑地遭到了家人的强烈反对,可在包坚信的一再坚持下,父母决定放手让他一试。

在最初的创业阶段,因自身聋哑、缺乏经验等因素,包坚信一度亏到血本无归。但经商经验到底在磨砺中慢慢地得到了积累,几年下来竟赚了数万元。小摊小贩的生意虽然做得有声有色,但这个叫包坚信的聋哑人却格外有野心,由小做大,大了还要更大。一般人看来,"这个聋哑人太精灵了,脑袋转得很快。"

2000 年,在湖南长沙三湘市场,一个叫作圣光灯饰的小店开业了,这就是"哑巴灯饰"的前身。刚开始,很多人都不相信,疑惑着说:一个哑巴能做什么生意呢? 怕是编故事。但有的事情却真的不是故事。据说,有一次包坚信去一个厂家进货,对方看他说话咿咿呀呀,哼着生硬的中文,便以为是韩国人,竟然还给他找了个韩国翻译。最后,做生意独自进货这关,还是被他闯过了。

包坚信常常对意图创业的聋哑人宣讲他创业时的挫折故事,每每赢得赞赏和崇拜。然而,其中不排除虚构的成分。

"从一个外行人成长为生意好手,很多人都羡慕我运气好,可只有我自己才能体会其中的艰辛。因为无法顺利交流和沟通,很多急性子的顾客都不耐烦地离开了;因为对行业的不熟悉,货物都是从同行手中调过来卖的,利润很低;因为资金有限,不敢进太多的货,不敢请太多的员工;因为追求良好的产品质量和款式,不会打价格战,很多生意都被别人用低价抢走了……

"就这么坚持了两年,到 2002 年的时候,灯饰照明行业的竞争愈加激烈,家人不忍再看到我如此辛苦地操劳、挣扎,劝我把店面转让出去,但倔强的我拒绝了——我已经深深地爱上了这个充满激情奋斗的生活!

"为了谋求新的发展,我怀揣着向父母借的两万元到古镇进货,从这里,我打开了人生新的一页。

"一切回到了我最开始做生意时的状态:看嘴型理解别人的意思,用纸笔来与客户交流,用耐心和恒心应付厂家的刁难,用诚信和微笑来赢得更多人的信赖。

"2004 年,我遇到了一场巨大的危机,一家工厂出尔反尔,让我们一下子损失了十五万元。痛定思痛,我把'诚信'作为考察合作伙伴的首要条件。

"诚信是互相的,我要求客户诚信的同时也首先自己做到诚信。言必行,行必果,让我和我的哑巴灯饰渐渐声名鹊起。也正因为这个做生意的原则,让我的生意越做越好。"

包坚信的这些经历自然很励志,一直在底层打滚儿的聋哑人从他"扎扎实实"的光荣事迹中看到了创业致富的希望。支持、赞赏、崇拜,从那时起,就有一大批聋哑人死心塌地跟随他。

2005 年,经历了几次代理厂家品牌不欢而散的事件之后,包坚信萌发了创立自主品牌的紧迫感,"品牌就是话语权,没有品牌就没有发言权"。他"与许多朋友深入交流之后",浮现了成立"哑巴灯饰(中国)连锁公司"的想法。

2006 年,"哑巴灯饰"迈出了异地连锁的第一步,位于长春的哑巴灯饰连锁店顺利开张了。虽然连锁店是朋友兼老乡所开,但也表明周围人对"哑巴灯饰"品牌的认可,对聋哑人创业经商的认可,对他包坚信能力和想法的认可。2007 年,位于天津的连锁店和湖南长沙的第二家店先后开门迎客。在包坚信的计划中,"哑巴灯饰连锁店就是一群热心灯饰、热心残疾人事业的志同道合的朋友一起来做大做强的信念。"

据说,当年确立这一目标后,包坚信决定不收取加盟费,只希望和志同道合的朋友们一起分享自己的人生心得,分享聋哑人创业的快乐生活。

众多宣传包坚信"善行"的媒体则这样报道:

"目前,包坚信仍在继续着他的快乐经商和爱心奉献之旅。在今后的创业道路上,将带着他自信的笑脸坚定地前行,一如既往地走出自己的路,尽全力带着大家迈向美好的明天。"

"聋哑人朋友们，请你们细细地告诉我，关于包坚信，关于你们的投资理财。在我这里，尽可放心大胆地说，不用有任何顾虑。"唐帅很震惊。

于是，一条条"龙盈公司"的投资广告、一份份合同、一次次演讲煽动、一段段微信对话、一张张转账凭证，五花八门，不一会儿，纷纷呈现在唐帅面前。

在一个经验颇丰的律师眼中，虽然事实尚有模糊之处，可事件的线索，或者说是推断，已然渐渐浮现、清晰。

扑面而来的海量信息，压得唐帅胸闷头晕，他只好暂时放下手机，走到窗边去透透气。突然，寂寥的天际划过一道闪电，惨白的光亮忽地一现，"对，就是那一瞬间，我几乎判定这就是一起'庞氏骗局'，而且受害者数量之众，与包坚信其人的知名度和影响力成正比。"唐帅说。

"几乎可以断定，聋哑人们落进了包坚信这个'创业明星'精心挖掘的陷阱，虽说其骗术算不得高超。"

唐帅从小历经孤独困苦，从不怕刮风下雨打雷。多年间，在无声世界替聋哑人争法理，身经百战，也曾血泪纵横，可在天际那道无声闪电划过之时，却莫名浑身一颤。

抽过一根烟，竭力平静之后，唐帅回到办公桌旁，拿起纸笔，开始整理思绪：

——龙盈公司及包坚信等人打着"拯救聋哑人摆脱贫穷"的旗号，鼓动聋哑人购买"龙盈公司"的产品。

——投资一单五千元到十单五万元不等的费用，投资一单送玉石饰品一件，然后每七天就能获得静态分红，最低每月净赚两千一百二十四元，最高每月净赚两万一千二百四十元。每个月可以提取一次返利，但要交百分之五的税费。如此算来，投资五千元，一年可返利近两万元，年回报率高达百分之四百。如果发展其他人加入还能获得五十元到五百元不等的推荐奖。

——"龙盈"大肆宣传"不靠残联不靠政府""拯救聋哑人，脱离贫穷，龙盈包坚信带领大家奔向致富路""未来三到五年，聋哑人创业致富的机会即将迎来更大爆发"等极富煽动性的广告信息。包坚信经常通过演讲会、视频等途径用手语演讲游说聋哑人购买该公司的"理财消费产品"。

——"龙盈"公司所赠送的玉石饰品价格虚高，严重脱离市场价值，显而易见，所谓消费返利为假，筹集资金、骗取大众的钱财是真。

"根据《禁止传销条例》对传销的定义，龙盈公司和包坚信采用的运作模式，毫无疑问涉嫌传销违法行为。"稍后，唐帅很确定地告诉那些咨询的群友。

接下来，唐帅忙碌地与群友交流、收集情况，几乎一夜未眠。

那一夜，不间断地有聋哑人加唐帅为"好友"。唐帅的微信几乎在一夜之间"完全爆掉"。申请扩容后，这个数量又急剧上升到一万人上限。无一例外，新加的"好友"都是受害者。

第二天，唐帅带着分外沉重且忐忑的心情，去找有关部门反映情况。他把车停在政府大楼附近，在车里接连抽了几根烟，才重重地推开车门，下车，脚步沉重。从昨晚了解到的大量信息，他知道，包坚信和"龙盈"非常不一般，已经形成了完整的"诈骗链"，若干团队相互衔接，这个团伙还具有"优秀聋哑人代表"的社会资源。更关键的是，包坚信有能力组织起全国聋哑人"搞事"——如果他要刻意而为。除此以外，还有很多复杂的不可知因素。这个案子，不同于以往任何一个，风险和危机完全不可预测。

"从种种迹象来看，这个所谓的湖南龙盈资源管理公司是以'帮扶聋哑人，救助困难'的伪公益、伪善心为名，骗取本身就是社会弱势群体的聋哑人。这一点令人深恶痛绝，社会危害极大。"唐帅在汇报中反复强调。有一个领导听完唐帅的汇报，脸色由震惊转向凝重，"小唐，这个案子轻易接不得啊！别的我不多说，只是提醒你，还有一个多月就要开'两会'了，维稳工作很重要。"在之后近半个小时里，他一再告诫唐帅，依照包坚信作为残障成功人士的身份，作为聋哑人实质意义的"精神领袖"，这样的人物能不能告倒另说，倘若因为此案把全国的聋哑人引到重庆这个新兴的直辖市，在"两会"期间成为不稳定的社会因素，或者酿出什么群体性事件，就可能得不偿失了。

那几天，唐帅跑了好几个部门，得到的都是一样的建议——"此案不宜接。"

"那段时间，我也想过放弃，毕竟，这个案子牵连太广，稍有差池，就会造成无法想象的后果。"唐帅说，"有时想想，这伙人的老窝在外地，作恶自有外地的公检法来收拾。"

唐帅犹豫着,因为犹豫,甚至头痛数天。

那些之前活跃在唐帅微信里的"举报群",数天得不到"全国唯一手语律师"的回应,也渐渐心灰意冷,群里开始出现不同的声音:

"如果包坚信被抓的话,谁来把投的钱退给我们,一切是不是就更没希望了?"

"如果包坚信被抓的话,谁能带我们聋哑人去创业?"

"唐帅能带我们聋哑人去创业吗?他做不到,因为他只是律师。"

与此同时,那些坚定的主张"告状"的聋哑人,也把自己遭"骗钱"后的惨状——或图片或视频发到群里。

有人为了投资龙盈项目,借了高利贷,但分红一分钱没见,利滚利导致几万变成了数十万的巨债。要债的人四面围追堵截,受害者变得有家不能回。白天躲在街头巷角,晚上四处借宿,惶惶如丧家之犬。

有人这头刚刚拿家里的全部存款投资,那头父母就生了重病急需用钱,苦苦哀求包坚信等人退回救命款却一直未果。与他联系的"业务员"甚至将其"拉黑"。

有人瞒着妻子搞投资,最终发现不仅没有分红,甚至连孤注一掷的本金都"血本无归",绝望的妻子向丈夫提出离婚。

……

如此种种,深深地刺痛了唐帅。时隔十几年,他再次从口袋里掏出一枚硬币。高三那年,他曾经用投掷硬币的方法来决定未来的命运,读书或者弃学。到了这个关键时刻,他还想再次用硬币来决定是否接这个会直接影响到他未来命运的案子。就在准备抛出的瞬间,他突然停住了手，这是在干吗？我本来就是个律师呀，我当律师本来就是想给无声世界开一道门——哪怕只是露出个门缝。初心，这才是初心哪！当年拿硬币决定命运，是因为我一无所有，而今天我明明有很多很多——信任、期待、公理……这岂是一枚小小的硬币就能决定放弃的？

关键时刻，唐帅也看清了，自己是个凡人，自己也有私心。当他站在法庭上，为可怜的聋哑人维权成功时，偶尔会有点儿扬扬自得的感觉，觉得自己算得上高尚。但这次的情况不太一样。这个时候，他发现自己在顾惜一些身外之物。因为，他不由自主地想起辞去公务员做律师，"白手起家创业"，甚至想起分期付款在天安数码城买下"律师楼"的事情；想起这些年虽时有困顿但总体还不错的生活，最关键的是，受了大半辈子苦的家人如今刚享了点福，外公外婆快九十了，每天快乐地在老厂的黄桷树下打点儿小牌，父亲喜欢旅游，常常在儿子资助下到处走，母亲爱打扮爱收拾，一点儿小委屈就要哭鼻子，哄她最好的方法，就是花钱买点儿小首饰……

可是，这些身外之物与初心相比又算得了什么呢？如果为了这些身外之物，他大可不用当律师，可以像当初一样开酒吧做生意，或者继续在政府干，至少"旱涝保收"。干律师，最大的意义，不就是为了"替那些说不出话的人说话"。他深藏在骨子里的倔强再次发作，是啊，有什么大不了的。大不了不当律师了，大不了失去一切，从头再来。

"我不是个信鬼神的人，却遭逢过一些奇迹，当时不知所措，惊叹不已。如今总算知道，是命运刻意留着我来做点儿事。"

唐帅毅然接下了这个案子，要为生活已然雪上加霜的受骗聋哑人讨回公道。

"聋哑人朋友们,我替你们维权,请放心。"唐帅在众多"举报群"里发出了这个消息。

从 2018 年 1 月底开始,唐帅带上律所里的五个聋哑人助理,几乎搁下了手中所有的事情,全力投入到这起案件之中。一方面,唐帅飞赴全国各地广泛取证;另一方面,有三百多名聋哑人陆陆续续来到重庆,找他"报案",向他举证包坚信及"龙盈"公司的诈骗罪行。时值"两会",唐帅小心谨慎,他将这些聋哑人一一安顿好,妥善保管实物证据,并向这群急火攻心的可怜人做出自己的承诺,一切平稳有序地进行着。这个案子很特殊,牵扯到方方面面,所以,唐帅做事的时候还有一个原则:此案不收报案者一分钱。

唐帅和助理们的调查工作夜以继日,关于"龙盈公司"的枝枝叶叶渐渐理清。这个龙盈公司在全国各地分布着龙盈友谊、龙盈东方大爱、龙盈晋商、龙盈超能勇士、龙盈华商等两百多个团队,而这些团队里面的人大部分都是聋哑人。

龙盈公司通过网络平台宣称,该公司是一家稳定长久的合法实体,兼具动态和静态收益,可以连续复投赚大钱,是一个投资少回报高的平台,是一个边赚钱边做爱心的公益平台。实际上,龙盈公司是一家什么样的公司呢?

在"国家企业信用信息公示系统"中,唐帅查询到,龙盈公司的全称为湖南龙盈资源管理有限公司,成立时间是 2016 年 8 月 10 日,法定代表人为张亚洲,注册地址在湖南省长沙市雨花区万家丽中路三段229

号华银天际小区,注册资金五千万元。而实际上,龙盈公司实缴注册资金为零,该公司对外宣称的董事长包坚信,实为龙盈公司的监事。龙盈公司的经营范围为"供应链管理与服务、商业管理、健康管理、连锁企业管理、公益管理、酒店管理",并未涉及金融领域。另外,该公司早在2017年9月28日已经被注销掉,显示注销的原因是决议解散。

打草必定惊蛇。实际上,在唐帅承诺帮忙举证报案的当天,包坚信已经透过举报群里的聋哑人获知此事。

"怎么会这样,你帮他们维权,他们转头还要到包坚信那里去出卖你?!"听唐帅讲到这段时,我愤慨且不解。

"聋哑人本就是弱势群体,没有确定输赢的情况下,他们随时都会动摇。更何况有的人虽然捱过巴掌,但也曾拿到过一颗甜枣。"唐帅回答。

聋哑人的世界无比复杂。原来,无论"投资群"还是"举报群",都有包坚信的"耳目",借以控制大局。这些人,本身也是受害人。

很快,包坚信那边的人陆续开始与唐帅对接交锋,唐帅甚至加上了包坚信的亲信们的微信。

有人给唐帅带话了:包总说,只要你不再乱咬,你要多少钱尽管开口,包总和公司的声誉很重要……当然,你也可以参股分红。

唐帅回话:谢谢你们包总的盛情,但是对不起,我领受不起。

又过了一段时间,聋哑人圈里盛传一个消息,说是包坚信放话"出五千万买唐帅的人头"。与唐帅相熟的聋哑人朋友们都为他着实捏了一把汗。因为包坚信是真狠,聋哑人群里流传的许多暴力殴打视频,相传都与包坚信团伙有关。那一段时间,唐帅的车常常莫名其妙地爆胎,日常也时有小事故发生。但那远远还没达到惊险的程度。

2018年3月初的那个晚上,唐帅在办公室加班直到凌晨两点,忽然座机铃声急促响起,是巡夜保安打来的电话:喂,唐律师吗?告诉你个事,你这个楼层的电梯口站了几个人,穿着警察制服,但又不大像警察,那几个人一直打着手语对话,看起来是聋哑人,你得当心点儿……唐帅先安慰受到惊吓的保安一番,搁下电话,他立马做了两件事:一是把办公室的两个沙发全部搬过来抵住门,律所大门是玻璃的,对方可能操把榔头就能敲得粉碎,唐帅的办公室藏在律所深处,门够坚固,再加两个沙发,应该能顶些用;二是立即拨打了"110"电话,报警。几分钟之后,警察赶到,那几个假扮警察的聋哑人早已闻风而逃。送走警察,再回到办公室,唐帅才发觉,在一大串冷静加理智的动作之后,自己的双腿竟然在微微颤抖。春寒料峭,后背却早已湿透。

3月份,与信访相关的部门常常一上班就传唤唐帅。夹在聋哑人"群访"和著名聋哑企业家的"诬告"指控之间,唐帅作为介入甚深的"关键人物",谈话问询经常持续一天,有时从早上9点直到晚上7点。

"我现在甚至庆幸,我没有收举报'庞氏骗局'的那些聋哑人的任何费用,哪怕正常的报案成本费。倘若收了一分钱,在那段特殊时期,都有可能被构陷,罪名是'串通聋哑人诬告'。那段时期困难至极,现在想想,都为自己当时坚持下去的那种勇气惊叹不已。"唐帅回忆道,"或许是因为,我知道这件事除了前进已经没有退路,也就只好咬紧牙关。"

"唐帅的勇气和底气,来自于他的良心。我们绝对支持他。"也是从那时开始,一直支持唐帅的大渡口区司法局派公律科的汤科长,每晚陪唐帅两个小时,听他倾诉,帮他疏导,替他出主意,成为唐帅困难时期的知己。

倔强的唐帅使出全力调查取证,老谋深算的包坚信则一面加紧四处召开"聋哑人洗脑大会",一面继续放出诱饵"吸资"。"包坚信是不可能停下手的,因为'庞氏骗局'的基本维持方法,就是拆东墙补西墙。"

"那个时候,与包坚信的斗争几乎达到'你死我活'的地步。我骨子里的倔强,是包坚信一伙绝对无法想象的。你用尽手段对付我,我只会越来越坚定我的想法。何况我是个律师,本来就有调查取证权。他会夹攻,而我擅长智取。"

2018 年 3 月底,唐帅看到包坚信的公司在聋哑人圈发布的"招聘公告",计上心来。他找到两个聋哑人——他们本是唐帅的坚定支持者,这两个人分别来自贵州和重庆郊县,一个擅长电脑,一个则身材结实、人高马大。在唐帅的谋划下,两个聋哑人分别应聘到包坚信位于杭州的"总部",一个任文员,另一个当起了贴身保镖。两个"卧底"各有分工,做文员的利用电脑技术收集各方往来数据,做保镖的则时时处处观察包坚信的动向,利用针孔摄像头拍下他在各种"洗脑大会""股东会"上的视频,以及单据发票等重要"书证"。

收集证据是困难的,如何带出证据也同样考验智慧。有一位记者,被众多关于包坚信的举报所吸引,单枪匹马到杭州去拍照取证,被包氏团伙发现之后,相机直接被砸碎。有了这些"前车之鉴",对两个"卧底"辛苦收集到的书证、物证、视频等,唐帅果断采取"狡兔三窟"的办法,数套证据通过不同的快递公司寄出,今天是顺丰、圆通、申通,明天是百世、天天、韵达,而收件人也落的是其他人的名字,甚至收件地点也不在重庆市大渡口区。

"这是现实版的《潜伏》,那两个卧底的聋哑人直到包坚信落网也没有暴露。"说起自己的"智取",唐帅很得意。

唐帅发现,虽然证据一点点儿靠拢,但包坚信的组织及信任他的聋哑人依然如坚冰一块。他推测受害人数应该在二十万以上,但实际响应号召前来报案的,前前后后也不到五千人。

除了包坚信颇具威信和欺骗性以外,他的组织及关键部下极其严密忠诚。这里,不得不提及包坚信的两个"能干女人"——王燕和李莉,聋哑人圈盛传这两个聋哑女人都是包坚信的情妇。王燕以包坚信的"法律顾问"自居,这个戴着眼镜、文质彬彬的女人,曾在网上手持一本所谓"法律工作者执业证"出镜,"投资群"的群友对其非常熟悉,每每分红迟迟未兑现,或者有人开始质疑龙盈公司"集资"的合法性时,这个王燕就会不失时机地出现,有理有节地告诉大家"不要轻信,不要信谣传谣,龙盈承诺大家的一定可以兑现,包坚信先生一定可以带领大家共同致富"。年轻美貌的李莉掌管公司财务,大大小小的钱款都从她那里经手流通。素来,李莉与王燕之间,就有一些矛盾纠葛。聋哑人圈盛传,王燕想方设法筹来的钱,包坚信转身就给了李莉保管。他给了李莉三千万在香港购置房产,连新公司的董事也有李莉。而这些实打实的"好事",王燕一样也没沾上。

打破这个"坚固堡垒"的机会出现了。2018年4月初,一向大手大脚的王燕在澳门赌钱输了六百万，当即发微信视频要求包坚信转账替她还赌债。可是，赚得"钵满腰肥"的包坚信，此时却一脸为难：不行啊，钱都在李莉那里，提款要李莉同意才行。王燕当即在视频里又哭又骂，包坚信最终也没同意给钱，而是愤愤地挂掉了电话。

当天，包坚信和王燕之间的纠纷，站在一旁的"卧底保镖"都看得一清二楚，继而迅速告诉了远在重庆的唐帅。

唐帅知道，突破有希望了，只要能攻下王燕。唐帅有王燕的联系方式，在此之前，他俩是宿敌。唐帅和王燕曾经无数次"交战"，这个女人的强悍、狡猾和顽固，令唐帅记忆犹新。而这一次，唐帅决定主动联系王燕，是想让这个厉害的女人"反戈一击"。短兵相接，开头依然很不友好。但是，唐帅很快进入"正题"，他站在王燕的角度，设身处地，向王燕抛出了五个问题：1.你对包坚信掏心掏肺，他如何回报你的？2.你和李莉，包坚信到底最看重谁？3.如果包坚信有一天被抓，他会保你吗？4.包坚信值得你信任吗？5.你做的这些事，回头想想，晚上能睡安稳吗？

五个问题，个个切中王燕要害。手语谈话快结束的时候，她告诉唐帅：或许我该好好想一想了，我也不想辛辛苦苦地为他人做嫁衣裳。

几天以后，王燕突然在数个"投资群"里发出这样几句话：投资的人们，你们都是傻瓜，世上哪有天上掉馅饼的事情，我只想告诉你们，你们都上了包坚信的当！顿时，群里炸开了锅，对包坚信及"龙盈"的质问、要求立即退款的诉求纷至沓来。王燕的话被四处转发，许多群立时分崩离析。也是从那天开始，王燕神秘失踪。受骗的聋哑人认为，她是被包坚信给软禁了。最终，当包坚信在北京某宾馆被警方抓捕时，同他一起落网的还有王燕。包坚信的"钱袋"李莉,则在上海被捕。

包坚信的组织随着王燕的"反戈一击"迅速瓦解,随之而来的还有聋哑人对其信任的崩塌,以及最终到来的"举报高潮"。事实证明,那些死心塌地追随包坚信多年的聋哑人,才是真正的对他了如指掌。

几天后,网上开始流传一篇来自"举报群"的长文。其实,这篇长文早在 2018 年 1 月就有受害者在群里抛出,那时许多人对包坚信其人还报有幻想,所以并未引起人们关注。事态大幅逆转后,这封由某位受害聋哑人艰难写就、言辞语病颇多的稿子,将包氏并不光彩的"发家史"翻了个"底朝天"①:

包坚信,聋哑人,浙江温州,小学毕业,在亲人帮助下,在长沙开业,店叫哑巴灯饰,媒体报道过。在市场竞争大环境下,遇遭价格斗争激烈,店面绩效急跌,加上经营不善,他开始接触传销诈骗,踏上拜访传销头目之旅。沉寂几年后,投资黑茶叶项目开业,利用各地残联名义虚假宣传,被残联领导发现斥责,他利用贼喊捉贼转移注意,指责有一部分的聋哑人利用他的名义假冒造成最坏影响,他本人躲避别人批评,鉴于他公众人物影响力大,人们相信是别人污蔑他的,他目的就达到了。2016 年 9 月重操搞虚伪创业投资,借用华夏银行旗下龙盈理财名义而骗取聋哑人群体信任和支持,在各地巡演讲消费经济共享经济 O2O 经济,一带一路等等洗脑,四十

---

① 下文所引用文字直接源自网络,为展现聋哑人文字叙述特点并未做编辑修改。

多万聋哑人砸锅卖铁掏钱支持他创业,在长沙开足疗店,在上海开葡萄酒店,在南昌开酒店和火锅店等等,他称他不要什么利润,都是各地团队的,其实利润都流入他钱袋里。

包坚信自称创业家,手语家,演讲家,打"扶贫爱心"的幌子进行诈骗,和王燕,李莉,崔治国等等组织骨干合作。包坚信踏遍各省地区(自治区)酒店演讲,各类手续费都是各地团队垫付的,提供大量演讲资料给聋哑人群体洗脑。崔治国负责传销方法和研究传销技巧,王燕假冒伪律师进行恐吓威胁,阻止别人揭露传销的真面,李莉掌握财务,剩下缴纳会员费都是各地团队大头管收的。

(龙盈具有高额返利和消费返利:)

第一高额返利的是投资 5000 到 10 万以上,首先投资,然后每个周分红,利用手机转账凭证制造虚假宣传,三人成虎,流言猛于虎,十人、百人、千人等等发展人数猛涨,往往利用同学、朋友、同乡等关系,用高额回报诱惑聋哑人群体参与投资。一些参与人员,在精神洗脑或人身强制下,为了完成或增加自己的业绩,不惜利用同事、地缘关系拉拢朋友、同学或邻居加入,使参与人员迅速蔓延,集资规模不断扩大,渐渐几个月提不了现金,造成资金吃紧。

第二消费返利的是以投资为消费,投资一半提现金,另一半必购买红葡萄酒。特别是假葡萄酒的价格十分虚高夸大,十几元变成几千元,打扰市场价格规律。

包坚信出尔反尔和自身矛盾。它们根本就是一种消费返利与另一种高额返利,属于非法集资严重行为。

在网络宣传方面,搞 PS 中央领导同志照片、国家领导讲话、重要会议文件内容,用以证明投资项龙盈是合法,包坚信称龙盈项目受国家、残联或明星支持下,跟踪包坚信讲的第几集,利用毛主席,残联,政府,农业银行等名义欺骗行为,正规合法;借用马云互联网内容讲话,造成影响聋哑人群体的信任。特别是王燕冒伪律师事名义,以律师为威胁性,经常借用律师暴论,借用公安部长名义而恐吓。造成群体聋哑人精神紧张和心理压力很大。

风云不测,包坚信的非法集资诈骗事发了,发生了广西报纸新闻事件,新闻报道几名聋哑人在银行转账被阻止事件,坏消息传来,包坚信慌了,发挥他的忽悠大法,利用虚假宣传指责银行传谣,广西报纸新闻谣言伤害聋哑人创业的奋斗,通过微信发命令各地团队积极抹黑新闻虚假,忽悠线下信任。40 万聋哑人不知情情况下,盲目信任包坚信的鬼话连篇。当包坚信曾经想要控制二千万聋哑人利益发展而梦想成真没成功。2017 年 9 月份把龙盈公司注销了,不再开新公司,在隐蔽暗下叫优品,过几个月改为 7 优品,鉴于资金周转吃紧,忽悠原龙盈成员搬到新 7 优品,为资金链注新血液。有一部分聋哑人的理智清楚,不断要求退款也没成功,连包坚信本人找不到,无奈等等。

龙盈(优品,7 优品)资金是虎头蛇尾出现了异常问题,造成提不了现金,超过几个月也没有拿到分红。导致优品组织内部有些矛盾而破裂关系。少数部分聋哑人借钱来投资的对象,如银行,朋友,同事,同学等等。谁知道几个月没有拿到分红也不成功。有的要求退钱者家属病重需求资金只申请退款，有的是婴儿的父母需要生活费申请退款,有的夫妇内部矛盾破裂的感情,离婚,抛夫弃子,逃婚等等都很多不同的家庭危害性。每次申请退款被包坚信,王燕,大中小网头总是拒绝,故意拖到时间就拖到随时也没有成功,大中小网头要求退钱者换 5 名拉人头进行恶意交易。借用微信视频平台做了批评包坚信,被王燕必须追查,找到了聋哑人的身份,强制逼聋哑人道歉等等都是王燕强迫手段,造成群体聋哑人信任度不断降下来。当他们受到包坚信诈骗伤害多少,不断抱怨又痛骂包坚信是不守信的人,不讲理,不诚信为本。这些聋哑人本来就是弱势群体,无能为力,报警了必难沟通,文盲,文法,怕报复,放弃提现金。大部分都是洗脑者中毒太深,无药可救,坐等包坚信如何随时分红或提现金。包坚信为何不怕群体聋哑人报警,因为聋哑人的弱点就是没文化真可怕,没有能力和公安沟通下。

包坚信搞非法集资害人害己,诈骗中有变化多端诈在客观方面表现为用虚构事实或隐瞒真相直接使被骗人交付财物的行为,被骗人交付财物既可以是为了投资营利,亦可以是购买某物。传销陷入家庭内部各种各样矛盾化,妻离子散,家破人亡,自杀身亡,兄弟姐妹反目成仇,严重信任危机感,那就是传销怪物。当我认为感情重于金钱……可是周围的人却认为没有金钱哪来感情……金钱比感情重要?没有感情要金钱做什么?包坚信认为,金钱比感情重要,走上歪理诈骗的选择的道路。小错变成大错误,小事变成大事,小祸变成大祸,小害变成大害。外善内恶,伪君子一言。

就是那种表面得体大方,正派高尚,处处退让,能忍受别人所不能忍而保持风度,实际上是虚伪、出尔反尔、不择手段的人,以传销为毒品论。

当我们希望政府领导严厉打击传销不变,包坚信多数犯罪必得控制大错误,尽快严厉打击包坚信传销头目,包坚信阴险狡诈挺强,那些都不是他的对手。包坚信是非法集资罪,吸收公众存款罪,集资诈骗罪,传销罪,非法经营罪,组织领导,伪证,威胁,强迫等等多数犯罪。更进一步,上述向工商局反映包坚信参与非法集资严重问题,拖欠不给退款,特殊要求解决处理,还受害者血汗钱,严厉取缔包坚信及各骨干大网头搞非法集资组织,不容许他们逍遥法外。包坚信阴险狡诈十分可怕,知人知面不知心。防止诈骗事情扩大,亡羊补牢故事。建设社会和睦美好环境的家园,社会经济发展稳定性。

上述文字来源于聋哑人举报群,初见于 2018 年 1 月

此时,越来越多醒悟过来的聋哑人受害者,纷纷向自己所在地的公安机关报案,但由于沟通不畅,案件始终没有太大进展。唐帅想尽办法,请"举报群"的聋哑人对其他受害者"广而告之",将自己的律所作为"总据点",集中收集汇拢证据。

包坚信团伙依然在顽抗,甚至企图找出举报人并销毁证据。

唐帅安排自己的五名聋哑人助理分头负责不同区域的证据材料收集工作。其中,朱舸主要负责湖南、广西、新疆、西藏、宁夏、山西,廖俊主

要负责上海、辽宁、江苏、浙江、云南、山东,陈寒雪主要负责天津、吉林、北京、河北、广东、青海,邱福林主要负责重庆、黑龙江、安徽、江西、海南、甘肃,谭婷主要负责湖北、河南、四川、贵州、陕西、内蒙古。

为了提高报案"效率"和"确保安全",唐帅在各"举报群"里,专门给受害者如何收集整理证据"画了重点":

1.交易记录包含以下几种:银行转账记录、银行存款凭证、支付宝转账记录、微信转账记录、QQ 转账记录、信用卡刷卡记录、现金交款凭证。

2.视频录像、照片、合同、协议书、收款收据。

3.平台交易记录。

4.聊天记录只要是文字性的,都可以作为证据。

5.银行转款可以到银行柜台请工作人员打印流水账单。

P.S.:关于拍照的注意事项:

1.一定要高清,字迹必须能够看清,防止照片模糊。

2.转账凭证不一定要上图示范,微信、支付宝、银行及其他相关转账记录截图或照片均可。

3.避免将以上所有照片叠放在一起拍。

所有发到"举报群"的"证据收集提示",唐帅在文末都会强调:

望大家注意以上几点！其他无关资料没有必要乱发一通。因为我的微信已经加满，请报案者务必按照自己所在区域添加五位助理的微信。证据不要发群里，私发给律师助理。

切记，证据一定只能给以上五名律师助理，不要给其他人，以防上当受骗！！！

以心换心，唐帅对聋哑人的一片赤诚和"不信邪"的胆气，深深打动了全国数十万受害者。先前，曾有人怀疑唐帅的真实目的，有人纠结跟随唐帅"会不会有好果子吃"，还有人在包坚信团伙的挑拨下认为唐帅"哗众取宠"。

也有好心聋哑人劝诫过唐帅："你不要跟包坚信扛，他能走到今天，方方面面都有强大的支撑，你的做法，不亚于'以卵击石'。"

"谢谢你，我不怕。鸡蛋撞石头还能发出声响哩！更何况，这是个法治社会，违背法理的东西注定不能长久。"唐帅回复那位友人。

受害者们纷纷在网络上声援唐帅的义举[①]：

——全国各地的聋哑人朋友们，大家好，"龙盈、优品、7优品之包氏骗局案"已在目前全国唯一的"手语律师"唐帅的带领下，进入了最关键的集证阶段。请受害聋哑人朋友加对应地域主要负责律师助理，提供自己所拥有的证据，以实际行动，支持唐帅律师，尽

---

① 原文引用，未做修改。

163

快帮全国各地受骗的聋哑人立案维权。

另外，有其他事情，也可以找自己对应地域律师助理。目前，非重大事情尽量不要找唐帅律师，唐帅律师的微信已经加满，希望各位聋哑人朋友能够谅解，谢谢！

——来自一位举报者的留言

——大家都知道很多聋哑人渴望退钱又迷惑不解，一直找不到答案，四十万聋哑人其中大部分都是担心退钱问题，却想知道你们不想举报警方的理由是什么？恐怕，第一担心报警之后无法退钱问题，第二担心抓到包某，没有解决退钱问题，第三守株待兔，缓兵之计就不可能会分红或者退钱。

我思考方法，它具有三种非法集资不退钱的原因，一种投资其他虚伪公司传销，资金流入国外银行。警察追赃加难度大，不知如何给群体交代一下，造成无法处理退钱方法。它根本是国际人权问题。二种投资外壳公司具有传销隐蔽性，小投资回报率高千倍。但是背后有传销头目拿一笔大钱用花了不少快要没了被警方抓的，经查传销头目资产负债也没，造成无法退钱问题，三种投资龙盈，优品，7优品诈骗头目利用群体聋哑人只有一个傻子，故意戏弄抹黑实事，以理由为借口，不断每次缓兵之计，拖到时间就随时出尔反尔有些毛病，造成很大困难提现金或者退钱。

当我想了只有唯一一个方法就是选择举报，阻止包某资产流失才能够解决退钱问题。包某要威胁群体聋哑人搞好守株待兔方法错误，不然让包某和其他亲人很快花了不少费用就无法退钱问题，叫作亡羊补牢故事。像小偷别人的钱被警方追究抓到之后才退钱给别人一样感觉。假如你偷了别人的钱，当别人不着急，磨磨蹭蹭地报警之后怎么抓小偷前，小偷很快花了不少被抓后，无法退钱，只能坐牢了。我希望群体聋哑人不能搞像守株待兔，缓兵之计一种死路了，包某靠资金往往会花得厉害，投资开店迟早会失败，钱没了怎么给人家退钱呢？请你们四十万聋哑人思考方法和反思怎么错误地方。

当我发现包(坚信)王(燕)勾结关系，为什么每次拿退钱异常吓唬群体傻子，简直就是像逼迫群体聋哑人不得举报。包某曾经警告四十万聋哑人报警没用，说明是包某最害怕群体聋哑人团结就是力量，要像天空飞来一群大雁南飞搞好团结似的。他们为什么要贼喊捉贼手段，每次抹黑报警方法当做画蛇添足下来。优品组织骨干每次谎言之躯有什么好处呢？怎么知道报警无效呢？分明就是故意戏弄群体聋哑人看的模糊。

我希望你们自愿选择有三种，一种15号前准备做好登记报案材料，必须带好身份证，残疾证，转账凭证复印件行动起来去北京集合地点登记。二种谁没钱的聋哑人就可用身份证，残疾证，转账凭证拍照下，并给予唐帅律师登记报案材料。三种有双重标准，一手带好报案材料文件去北京登记，另一手把它们拍照给唐帅律师，叫做一石二鸟。要是你们不愿意举报就是守株待兔死路了，缓兵之计也没有成功。受害者必须后果自负。

传销是世界上永久没有朋友，只有一个利益而已。认钱不认人，信钱不信人真恶劣。希望二千万聋哑人不能随便乱投资虚伪公司也是虚拟经济，必须靠劳动致富发展观，勤劳是穷人的财富，节俭是富人的智慧。搞劳动的人，双手是万物的父亲。

现在去维权的聋哑人受害者越来越多，早去公安机关报案早登记，就好比坏蛋偷抢你钱，公安局把坏蛋抓获了，查追收财产退给受害者，如果你们没有报案登记，公安不认识受害者退给谁呢？大家别犯傻了，抓紧时间吧，晚了别后悔！

——来自一位举报者的留言

——取证阶段已告胜利结束，本来是重庆先带头报案打开突破口波及全国各地，连我也加入了重庆群***，想不到浙江省宁波余姚聋哑人率先报案成功！恭喜！

呼吁全国各地***聋群尽快报案，再次呼吁大中小网头尽快到当地投案自首，避免遭坐牢之灾！

你们的各地区***地点找当地***经侦大队登记报案材料，行动起来，动作快点。全省地区立案，等你们团结登记报案材料时候，(你们要说包坚信***你们，王燕冒充该假法律***你们)。谁不愿意后果自负就不管了。

少诽谤，少造谣，少污蔑，少攻击，全力配合唐律师收集受害者信息还有罪犯证据，唐律师打立案的失败或成功在你们手里证据，人多力量大，早点送包坚信进去监狱里过年，清理一切财产，分给你们血汗钱！

全国聋哑人多互相转发……谢谢合作！

——来自一位举报者的留言

一众受骗聋哑人，由起初的怀疑到将信将疑再到坚决跟随唐帅维权报案，思想的转变，仅仅用了几个月的时间。最终，密集而大规模的报案，加上涉案人数之多、金额之大，引起各地警方的高度重视。立案、侦查、抓捕，逐步展开。

2018 年 5 月 12 日，包坚信等十三名犯罪嫌疑人被长沙市公安局抓捕归案。

那天，是"国难日"——"5·12"地震十周年纪念日，大街小巷没有任何花哨的庆典。那天，本想摆上一桌的唐帅，最终只是买了几瓶啤酒，就着几个凉拌小菜，在办公室里，关上门，独自小酌了一场。

但事情还未结束，风波犹存。

长沙市公安机关对该案十余名犯罪嫌疑人依法采取刑事强制措施，全力开展调查取证、固定证据、资产资金追缴、冻结工作，最大限度挽回集资参与人的损失。长沙警事面向全社会通报：请本案的集资参与人向本人户籍所在地或常住地公安机关经侦部门及派出所报案，登记填写真实信息，配合公安机关开展调查取证。公安机关将依法律程序及时公布案件侦办进展情况，请投资群众不信谣，不传谣。

起初，官方统计的受害人数为五万人，这与唐帅统计的数据颇有出入。随着案情的进展，一封又一封来自全国各地的求助信件像雪片般飞来①：

——尊敬的长沙公安局，你们好，我是吉林省延吉朝鲜族自治州敦化市的聋哑人。2017年4月份，通过别人介绍湖南龙盈公司的理财消费产品，说是改善聋哑人生活，投资五千元以上，一个月分红百分之五十。我在网上查了有关包坚信的资料，他开了好多家公司，有某某明星大力支持，又有王燕是法律顾问，说该产品是合法的，我通过支付宝方式，转账给湖南龙盈公司的工作人员，投资了三次、被骗取总额：141000元，一个月，三个月，半年过去了没有任何收益，之后手机系统会员关闭了登录失败！我十几多次找包坚信视频聊天，他说的话都没钱兑现，说公司有债款，于是我十几次申请退款，包坚信狡猾百般刁难……当时我出事住院急需用钱住院，我给他们汇报这个问题，但他们不接受退钱给我，然后我们没办法，按照国家法治法规公布严厉打击非法集资团伙诈骗犯罪分子，自己可报案，公安机关受理立案登记。2018年4月份，我已经报案了敦化市公安局经侦大队，民警说，报案材料邮寄去了长沙市岳麓经侦大队，要收到发函，他们才能立案侦查。所以求助长沙公安局帮我追回血汗钱，龙盈公司财务部已拉我黑名单，我是受害人。刘某某，身份证：……，被骗金额：141000元，我学友也是受害人：罗某，身份证：……，被骗金额：5000元。感谢你们抓包坚信坐

---

① 原文引用，未做修改。

牢，我们坚决打击包坚信诈骗局。也求助长沙公安局帮我追回血汗钱。望回复。

......

被警方核实的受害者人数在其后几个月时间里急剧增长。其间，牵扯的不仅仅是经济问题，更有方方面面的信任危机。

据称，包坚信"庞氏骗局"案发后，江西九江的聋哑人小林和小龙向某媒体求助，称他们去年初受人鼓动，分别投入五千和一万块钱，买了湖南龙盈公司的"消费理财"，该公司承诺最低投入五千元，一个月后就可以领取七千五百元。然而自从把钱交给交了该公司在九江的负责人之后，并没有得到对方所承诺的高回报，至今只收到两千多块钱。小林还告诉媒体，在九江市像他们这样的受害者总共有三百多人，这些受害者最多的投入十几万元，最少的也有五千元，都是血本无归。

很快，该媒体发布了题为"缺德！九江一公司被曝专坑聋哑人群体，警方呼吁受害者尽快报案"的新闻报道，受害者质疑市聋协主席与湖南龙盈在九江的负责人甘某之间存在不正当的往来。但经其后的媒体调查发现，部分受害者对市聋协主席存在误解。

报道发出后，市聋协饶女士主动找到记者，希望澄清部分受害者对聋协的误会。"2017 年 11 月的时候就有人在我们微信群里谈论龙盈这个事，我们当时就在群里劝诫大家谨慎投资，但是可能由于我们的劝阻，让龙盈负责人觉得我们在阻挡他们的财路，私下威胁主席及其家人的人身安全，后来就不再劝阻了。"饶女士告诉记者，由于担心自身和家人的安全,他们便不再在群内进行劝阻,但看到仍然有许多聋哑人还在谈论投资,便要求群员不能在群内讨论,否则踢出群聊。她说:"部分受害者以为我们不让大家讨论龙盈是害怕,其实我们是不想让更多的人陷入其中。"而针对小林表示的在群内要求大家"花钱买教训",饶秘书坦白,这是她在群内所说,但本意其实是告诉大家,追回的难度很大,就当是个教训,并且鼓励大家向警方报案。"当时我们知道聋哑人中的各类投资愈演愈烈,我们支持配合市残联召集聋哑人参加市公安局举办的经侦讲坛,就是想让大家多了解经济犯罪的手段方式,减少被骗。"

关于市聋协主席与龙盈九江负责人甘某之间的关系,小林专门提供了一段视频,并介绍说视频是市聋哑人钓鱼协会的某次聚餐,受害人小林还在采访中对另一位聋哑人甘某的身份表示了质疑,"既不是聋协也不是钓协的甘某也在,而且坐在聋哑人协会主席旁边,看起来他们关系特别好。"对此,媒体记者又联系上了市聋哑人钓鱼协会的秘书吴先生,他告诉记者,甘某是聋钓协的会员,只是此前并未参加过活动,很多人不认识他。

"这个座位也是随机安排的,聋协主席和饶女士因为在本次钓协年度活动中帮了不少忙,他们本来是可以不参加的,是在我们的极力邀请下,才来参加这个活动。"吴先生说,当天聋协主席和饶女士来得比较晚,刚好有座位就坐下来了,主席为了打破沉闷的气氛,便询问刚好坐在旁边的甘某为什么没见他参加过钓鱼比赛,其实他们并不熟。

聋协主席及饶秘书对小林、小龙的误解表示理解,但希望能够让大家知道事情的真相。同时,对于大家遭遇的投资困局,饶秘书表示一方面希望大家都过得很好,但也希望大家能够提高警惕,"我们能做的就是提醒投资有风险,要做好承受风险的准备,而且我们聋协的人决不会参与各类非法投资,只有身正才能更好地带领聋哑人群体走向幸福生活。"

"聋哑人的世界一直被称为无声世界,由于种种原因,无声世界里的人绝大多数都是经济困难的弱势群体,然而近年来,却有类似包坚信这样一些聋哑人打着造福同类人的幌子,诱骗聋哑人'投资理财''一夜暴富',结果造成受害者血本无归,又不知道怎么去维权。其实,这类骗局,一开始是有很多苗头可循的,只是大家有没有勇气去抵挡'天上掉馅饼'的诱惑,以及面对邪恶能否大胆说'不'的问题。"唐帅说。

目前,这起"庞氏骗局"大案还在持续审理之中。形形色色的诈骗案仍然冲着唐帅迎面而来,有的甚至直接涉"黑"涉"恶"。

"终于到了,唐律师就在楼上!"2019 年 5 月初,来自全国多地的三十多位聋哑人汇集到大渡口,一起请求唐帅帮助他们报案。原来,这群来自天南海北的弱势者, 一年前被深圳的某个聋哑人主创的投资项目所吸引,分别投资几万至几十余万元不等,然而数月后毫无动静,承诺的收益分红全都没有兑现, 想退钱时才发现怎么也联系不上对方。此时,平日靠干粗活才挣一点血汗钱的聋哑人才如梦初醒,自己可能已经被骗!担心钱打了水漂,他们抱着最后一线希望,赴深圳去找那个"吸资公司"。刚寻到一点儿线索，可还没有上门，就在所住的小旅馆附近遭遇一群来历不明之人的围攻殴打。对方放出狠话：要是再敢要钱，当心小命不保！更过分的是，两个女孩子甚至被几个恶棍绑到一处出租房，遭到轮奸并拍下裸照，恶棍威胁道：若敢报警，照片就发到网上，让你们一辈子都不能抬头做人。不仅被骗光钱财，还挨打受辱，他们碰上的不是一般的"骗子"，而是带着明显"黑社会"性质的诈骗集团。案件发生后，聋哑人立即向当地警方报案，可是由于沟通不畅无法立案。求告无门的聋哑人在网上知晓了包坚信"庞氏骗局"的案子，找到了胆气过人的"手语律师"唐帅。在全面了解情况、收集各类证据之后，唐帅带领三十多名受害者，在其所在地武汉报了案。

对唐帅来说，经历过与包坚信惊心动魄的较量之后，已没有任何事情能够阻拦他坚持"还无声世界风清气正"的义举。

有聋哑人曾经提出质疑，包坚信这样的"商业能人"倒了，谁来带领他们创业致富？难道要依靠律师唐帅吗？作为回应，唐帅在一个专门针对聋哑人创业的讲座中这样"讲"道：

"……选择创业的人越来越多，其中聋哑人创业的也不在少数。由于身体方面的因素，聋哑人创业可能会受到一些项目的限制。但这也阻止不了很多聋哑人对创业的热情。今天，我们就来看看聋哑人开店创业有哪些要注意的事项：

"首先想想自己在哪方面很有优势，可以先从优势方面做起。生活都是多元的，并不是单一的体系，优胜劣汰，适者生存，这些都是步入社会必须面临的循环。各行业中都存在着它本身的优势，不管你选择什么行业，只要你在这个行业勤奋地耕耘，兢兢业业地干下去，才可以真正体会到它给你带来的发展。譬如服装业、食品工业、网络及其他方面都可以选择，凡成大事者，他在人后都有着不为人知的艰辛，他之所以能有今天的成就，来源于他几十年的努力，都是用辛勤的汗水换来的。

"聋哑人可以通过群体之中的成功人士传授一点儿经验，相互模仿，相互学习，从中受益。聋哑人擅长的是模仿，起因是手语。手语是聋哑人的母语，而手语是从众人之中相互模仿而来的，因习惯性地得到大多数聋哑人的认可，久而久之就顺理成章地成为大家的交流方式。以此类推，比如一个聋哑人成功了，他的事迹众所周知，你可以学习他的经营方式，从众多成功案例中找到自己感兴趣的行业，然后在这行慢慢地发展。

"聋哑人创业取得不错成绩的不在少数，只要用心经营，不断创新进取，一定会克服身体上的不足。想创业的聋哑人朋友赶快行动起来吧！"

的确，如唐帅所说，"首先想想自己在哪方面很有优势，可以先从优势的方面做起"。在淘宝网，有这样一家颇受欢迎的"多肉植物"小店，经营十分出色，每天都有上百单生意。买过他家东西的顾客都知道，这家店不仅植物养得好，而且特别诚信，货物寄到若有硬伤必负责赔偿，消费满五十元包邮，满七十元赠送小植物一棵，都是说到做到。淘宝小店的声名，甚至远播到"百度贴吧"的"多肉植物吧"，网友们纷纷在这个关注人数近百万的"多肉吧"晒"植物开箱图"，用自己实打实的收获为淘宝小店"点赞"。但鲜为人知的是，这家店的店主是一位二十岁出头的聋哑小伙儿。自幼失聪的小伙儿高中毕业以后，便在家人的支持下在农村盘下几分地，跟着网上视频教程自学园艺种植方法，有模有样地做起了"多肉植物"大棚，自己养自己销。如今，勤恳劳动的聋哑小伙儿月入近万，空闲的时候还会打起背包四处走走。

"在淘宝网之类的电商平台做生意，不需要更多的语言交流，可以跨越与健全人的沟通障碍，是适合聋哑人做的事。"小伙儿的母亲说。

"网红"生活

"我愿意痛苦地把同样的话说三百遍,愿意接受每一家媒体的采访,不是因为我想出名、我要图利,而是我想抓住每一个可以表达的机会,将聋哑人的现状告诉大家,让社会上所有的人都关注这个常常被淡忘被忽视的群体。

"除此之外,我还想通过我的表达,通过我做过的和正在做的一些事情,能够吸引到大家,能够吸引到社会上的一些有志之士,融入这个无声世界,加入到我们这个团队当中来。我们一起为我们国家近三千万无声者做点儿事,让他们中的大多数,不再像局外人一样生存在我们的周围,让我这个'唯一'不再是'唯一'。"

唐帅亲口告诉过我，他真正成名，是在"庞氏骗局"案之后。这个没错，一定程度上，他代替了包坚信成为立于聋哑人心目中的一座新"丰碑"，之后很多前来求助的人，都是通过"庞氏骗局"案知晓这位"中国唯一的手语律师"的。经此一役，他彻底"出圈"了，成为连普通人都知晓的"名人"，西南政法大学点名的"优秀校友"。

　　也是在"庞氏骗局"案之后，一向"我行我素""对外低调"的唐帅，开始热衷于接受媒体采访。这个在律师协会的聚会上都不愿与同行多交流的小伙子，一下子成了名副其实的"网红"。CCTV、重庆电视台、河北电视台、江西电视台、湖南电视台，还有《人民日报》《重庆日报》、凤凰网、腾讯视频、多家自媒体等各种纸媒网媒，唐帅挨个上了一遍，甚至还是某电视台普法栏目的常驻嘉宾。民间授予的各类"头衔"更是数不胜数。唐帅上节目，还常常带着自己的团队一块上。他在电视上侃侃而谈的形象，广为流传。唐帅的两个微信号，加起来好友上限是一万人，已经全部加满，不少影视公司想把他的故事拍成电影，甚至直接邀请他"自己演自己"。

有人调侃道:唐帅呀,你可是全国最会"秀"的律师。

也有前辈循循告诫:小唐呀,你才三十多岁,还年轻,万事慢慢来,不要忘了一句古话,木秀于林,风必摧之。

唐帅也感叹说,感觉自个儿成了一个"祥林嫂",有一些故事有一些话,总是被迫在不同的场合,讲了又讲。在深深融入"无声世界"时割裂的大小伤口,也被迫一次又一次地裂开,鲜血淋漓。

从 2018 年 5 月至 2019 年春节前后,唐帅总共接受了三百多家媒体的采访,而且每一次采访所说的话几乎都一样。

"其实我心里面是很痛苦的,不信你试试同样的话说三百遍。而且很多案子,其过程之艰巨必须有强大的内心才能支撑,哪里经得起反复回忆追述?这些记者都喜欢问,唐律师,你成为网红以后生活上有什么不同?"唐帅说,"我回答他们:第一,我要纠正一下,我不喜欢'网红'这个头衔和名称;第二,我更不喜欢出名。"

但是, 很多人却并不相信唐帅所说的话, 尤其是唐帅获评 CCTV "2018 年度法治人物"之后。作为其中唯一一个"体制外",唐帅遭受了众多非议和猜测。

"墙内开花墙外香,是我当下遇到的最尴尬的事情。"

唐帅告诉我,在重庆市律协的颁奖大会上,他或许比其他人业绩更突出,但同为获奖者,他很少堂皇地作为获奖代表走上领奖台,很多时候,只是在台下领走自己的荣誉证书。在市里申报聋哑人研究项目,他也总是差那么几票……

或许是"同行相妒"。我告诉他："这些你不必放在心上,你的世界很大。"

但是,媒体长篇累牍的报道,对唐帅而言,更像一柄"双刃剑",欲戴王冠,必承其重。"庞氏骗局"案,唐帅以非凡的勇气一战成名,被各种渠道广泛宣传,他在全国聋哑人心中,由"中国唯一的手语律师"进阶到"中国唯一能帮到聋哑人的手语律师",于是,"遇到困难找唐帅",成了与警察沟通困难的聋哑人的"不二选择"。

"我来北京三年了,开饭店、开饺子馆。"来自山西的张女士有听力障碍和语言障碍,虽然可以隐约地听到些许外界的声音,但在表达上还是相对困难。此刻,她正在唐帅办公室里与他交谈。

张女士一边用双手比画,一边用难以理解的奇怪声音断断续续地介绍情况。坐在她对面的,是穿着花色短袖、黑色休闲裤,脚踩一双酒店一次性拖鞋的唐帅。微卷的短发被唐帅打理得"很有型",与在法庭上中规中矩的模样判若两人。唐帅耐心地听着,并适时用手语和唇语进行呼应。

通过复杂的手语和带有山西方言味道且支支吾吾的口头表达,一个小时后,唐帅终于弄清楚了张女士面临的困境:她被人以投资为名把钱财全都骗走了,事后报案,但未得到公安机关受理,她要请"很厉害的唐律师"帮助她。

对如今的唐帅来说,类似与张女士沟通的场景,几乎每天都会在他的生活中发生。

聋哑人从全国各地赶到唐帅这里"报案",而唐帅则一律"来者不拒"。一般情况下，"帮助聋哑人维权"作为一项"公益事业"，唐帅只收两百块钱，却要接着跟进一大堆工作。须知，处理各类"报案"是要耗费大量人力物力的。一个律所，正常应该承接各种"官司"，而聋哑人作为一个特殊群体，"官司"数量毕竟有限，且聋哑人经济能力普遍较低，即使需要打"刑辩官司"，他们也拿不出多少钱。有时，那些千里迢迢前来"投奔"唐帅的聋哑人，一时无法安置，唐帅还会把他们请进自己家里，有时候一次就是七八个人。

——处理聋哑人案件要比一般案件多花费两至三倍的时间，且聋哑人案件办得越多，唐帅的律所就亏得越多。所以，唐帅的律所常常面临经营上的巨大压力。

为了保证律所能够正常运行，唐帅的团队只能通过办理更多别的案子来弥补亏空。鲜为人知的是，"现在聋哑人的案子和其他案子之间的比例只能维持在 3:7"。办案多年，唐帅不止一次地感叹，一般律师接触的是社会阴暗面，而自己接触的却是一个又一个"黑洞"，越往后越多。

这一点，与许多人想的"出名得利，名换钱"，大相径庭。

作为律所的"主心骨"，"出了大名"的唐帅更是超负荷运转。既要替人"打官司"，帮无助的聋哑人维权报案，还要处理各种事务性工作，以及维持一个律所必需的社会交往。常常会出现这样的情形：头天晚上彻夜看卷宗、写辩护词，第二天早上头昏眼花，一点儿食欲也没有，草草地硬塞一点儿东西下肚，就开始穿一身笔挺的"律师装"，准备出庭。庭审现场，唐帅精神无比，手指翻飞，出口成章，可一旦法官的休庭锤一敲,他立马瘫倒在地,连起身的力气都没有。

近三年来,唐帅几乎没休过一个周末,每天的睡眠时间只有四五个小时。跨入 2018 年,他更是创下四十八小时"连轴转"的纪录。身体越来越差,甚至不敢去医院检查,他生怕进去就出不来了。有个学医的朋友警告他:"就你现在这种状态,很容易猝死!"原先到了夜里,他的身体还能感觉到浓浓的睡意,而现在倒下却怎么都睡不着,无奈地望着从窗帘渐渐透进的光亮,只有一阵阵的崩溃和惊惶。

"恐怕像我这么累的律师少有吧?我算是真的为名声所累了。"唐帅苦笑道。采访中,他不止一次跟我说过,自己实在太累了,也经常想要放弃。或者是下海经商,他自认有这个天分;或者是将来接受"优秀律师遴选",重新回到体制内去,这样还能相对轻松地退休。

唐帅有个习惯,实在睡不着时,就会起床到楼下去走走。凌晨 4 点钟,昏黄的路灯下,一位四十多岁的大姐正拿着大扫帚,低着头,专心致志地清扫人行道。她是负责这个街区的环卫工,徘徊在无眠之夜的唐帅常常看见她。挥动的扫帚与空荡的街道相遇,碰撞出提醒晨曦将至的响动。靠近听,很清晰,却不会打扰路旁楼房里还在酣睡的居民。唐帅注意到,即使没有什么路人看客,大姐依然清洁得很仔细,她把扫帚一端最细小的部分,伸进路面砖石的缝隙,然后尽力清理出残存在里面的细碎果皮渣滓。唐帅猜想,这位大姐说不定也和自己一样,有故事,具体什么故事不清楚,但与大姐相比,自己当下的境遇要好太多了,还有什么可抱怨和难受的呢?做任何事情,大的道理都是一样的——

"假如今天真的就我这么一个手语律师,我不做到极致,良心上过不去。"一次又一次,唐帅说服着自己。

　　追踪采访唐帅已久的媒体,自然也不会满足于只抓一点儿"大众都知道"的内容,开始越挖越细,越挖越深。

　　——探究他如何"节衣缩食"帮助聋哑人,有一个报道写道:"为了帮助无声者,唐帅不惜拿出自己的积蓄,但是平日里自己的生活却非常简朴,很少穿西装皮鞋,一件衬衫穿旧了都舍不得买新的。"文中甚至指出"唐帅穿了一件打补丁的衣服"。唐帅看到网络上的文字很是诧异:我的确很少穿西装皮鞋,但那是因为我不喜欢,我更喜欢休闲的打扮,哪怕自己经济再窘迫,也断然不会在穿着上刻意给形象减分,更别提穿带补丁的衣服了——那是一个设计款式好不好?毕竟我是很注重形象的哟!

　　——探究他的私人情况,已婚?未婚?谈恋爱了吗?父母现在怎样?最终导致唐帅将自己所有亲朋好友包裹得严严实实,并严厉要求媒体不得提及他父母的现状和住址。甚至我想到他家里看看他母亲及她养的那只猫,都被委婉拒绝。唐帅之所以把一切都藏起来,是不想节外生枝,更不想将家人置于不安全的境地。

　　"人家说,你红了,现在走在街上买面包都会有阿姨帮你付钱,跟同事到 KTV 唱个歌都有经理给你送大果盘,这不挺好的吗?"唐帅无奈道,"其实不是。我现在的生活真的被严重改变,我觉得直接说'被打扰'也不为过。"

　　有人听完唐帅的大"吐槽",就跟他说,既然你不愿意出名,出名带给你那么多的麻烦,那你还老接受媒体采访,昨天参加这个活动,今天参加那个活动,明天又到"一席"讲座,那你不是搬起石头砸自己的脚吗?

"不是的,其实这个并不矛盾。"唐帅回答。

"我愿意痛苦地把同样的话说三百遍,愿意接受每一家媒体的采访,不是因为我想出名、我要图利,而是我想抓住每一个可以表达的机会,将聋哑人的现状告诉大家,让社会上所有的人都关注这个常常被淡忘被忽视的群体。

"除此之外,我还想通过我的表达,通过我做过的和正在做的一些事情,能够吸引到大家,能够吸引到社会上的一些有志之士,融入这个无声世界,加入到我们这个团队当中来。我们一起为我们国家近三千万无声者做点事,让他们中的大多数,不再像局外人一样生存在我们的周围,让我这个'唯一'不再是'唯一'。"

闻言者亦动容。

纵使长时间孤军奋战,纵使一举一动颇招误解,这个"85后"重庆小伙儿依旧目光如炬。

其实,还有一个理由,唐帅没有说出口,那就是——"出名"也是对自己最有效的保护。

从与包坚信的较量中唐帅就体会到,倘若没有舆论加持,对一个混迹江湖的"大佬"来说,踩死一只"蚂蚁"轻而易举。就像那个凌晨的危局,倘若保安没有及时提醒,那几个穿警服的聋哑人暴徒会不会从漆黑的楼道冲出,破门而入,自己会怎样,这些都不得而知。而发迹湖南、远在杭州的包坚信之所以能如此布置,也是觉得跟他对抗的一方,不过是个普普通通的年轻律师而已。

原先,唐帅并不喜欢在办案的过程中,有媒体的参与。而现在,他不会排斥媒体对这个过程的关注, 就像他正在介入的三十多位聋哑人状告深圳诈骗团伙的案子,有一家收视率极高的电视台一直在跟拍。

"这其实是件好事,一方面使得对方不敢做太出格的事,另一方面备受媒体关注的案子,也是警示人们的活教材。"

普法春风

我与唐帅之间曾有过一个小小的问答：

——对于聋哑人，维权与普法，哪个在先？

——先维权，再普法。因为沐浴过法律的圣光，才会主动去靠近、去理解。

"我是个布道者,法律在无声世界的布道者。"唐帅说,"我一直觉得,自己的声音不能仅仅停留在诉讼与辩护层面,我必须做的另一件事,是为聋哑人普法。你知道吗?基本上我办理的聋哑人刑事案件,近千件当中,有百分之九十九点五的聋哑人都不知道自己依法所享有的权利,没有人告诉过他们。"

我与唐帅之间曾有过一个小小的问答:

——对于聋哑人,维权与普法,哪个在先?

——先维权,再普法。因为沐浴过法律的圣光,才会主动去靠近、去理解。

这个回答,似乎印证了唐帅长期以来坚持的一个观点:对许许多多几近"法盲"的聋哑人来说,普法与维权都顶重要,虽然最先要做的是维权。

做了律师之后,唐帅直接接触和涉及聋哑人案子的机会很多,他将普法贯彻到底的机会也更多。

有位聋哑小伙曾经是一个街头混混儿,身强力壮却好逸恶劳。不知法律为何物的他,成天不务正业,尽做些偷鸡摸狗的事。进出派出所对他来说,纯属"家常便饭"。后来,他身陷一宗盗窃案,唐帅刚好被邀请去进行法律援助。在案件审理的过程中,唐帅用手语跟他沟通。也是第一次,聋哑小伙从"手语律师"唐帅那里,知道了"法律"这个概念,以及如何做一个"知法守法、社会所需要的人"。

多年来,在对聋哑人的法律援助工作中,唐帅都有自己的一套,"聋哑人的法律援助是很特殊的法律援助,也是需要技巧的法律援助。因为他们身体上的缺陷,或多或少会影响他们的心理,包括人格。在与他们交流的时候,一定要注意语言的组织和行为方式,甚至包括细微的表情。"

唐帅始终以"感化、关爱"为指导思想。对那些已经违法犯罪的聋哑人,唐帅始终持有一颗公允之心,"既不会遗弃、厌恶他们,也不会因为同情而随意纵容,尽力做的,是帮助他们早日走到正路上来。"一方面坚持关爱、教育和感化,关心聋哑人的心理健康,一方面通过说服和摆案例,使他们认识到违法犯罪行为的危害性,引导他们自强、自立,为其学习工作生活技能创造条件,"想方设法让这些聋哑人认识到,虽然他们身体有残疾,但同样可以自食其力,可以为社会、为老百姓做出贡献。"

被唐帅感化的聋哑小伙决定改过自新。后来,他也很争气,人年轻,肯吃苦,不久便进了一家工厂上班。可是,聋哑小伙的残疾和过去的"黑历史",竟然成为老板欺负他的借口。"我看这小子不顺眼。"老板动不动就扣他工资，甚至不给他发工资，"厂子是我的，我想怎样就怎样，有本事告我去。"一副蛮横不讲理的模样。

聋哑小伙又找到了唐帅，委屈地比画着："没想到改过之后，混得还不如以前。"他往日的"朋友们"依然吃香的喝辣的，而他，要维持生活都很困难。

看到满腹委屈的聋哑小伙，唐帅心里很不是滋味，准确地说，是一种挫败感。他觉得，一个聋哑人好不容易才被引导走向"正途"，但是个别人却为了一己私利，公然践踏《劳动法》，并且刻意欺凌这些弱势群体，那不是又把他们往"邪路"上逼吗？唐帅不愿看到一个个悬崖勒马的灵魂又重回深渊，下定决心将这些"黑心老板"的所作所为统统诉诸法律。

唐帅用手语对聋哑小伙说："别怕，我帮你维权。"

随后，唐帅将聋哑小伙所在的工厂告上了法庭，聋哑小伙最终拿到了应得的工资，也坚定了做一个好人的决心。

"我们聋哑人也享有国家法律规定的权利。"胜诉的聋哑小伙自豪地用手语比画道。

正如唐帅所说，他所办理的聋哑人刑事案件，近千件当中，有百分之九十九点五的聋哑人都不知道自己依法所享有的权利，之前没有人告诉过他们，但自从唐帅为他们发声之后，他们便逐渐从法律的蒙昧中醒来。

"发声"和"普法"两手抓。因为长期坚持对聋哑人群体的普法宣传，唐帅也因此在 2017 年被评为"重庆好人"。

"有一件事是公认的，那就是针对聋哑人群体的普法很困难。"唐帅说，"这些年，司法界在聋哑人普法方面做过很多努力，但因为多方面原因，结果不尽如人意。"

传统针对聋哑人群体的普法宣传，是聘请律师和法官，开设普法宣传课，同时聘请手语翻译全程进行同步手语翻译。但这样的形式，其实存在很多问题。

"一般的法官和律师，对聋哑人的情况并不是特别了解，不清楚他们的法律知识和法律意识所处的层次和水平，因此，很难制作出'因人制宜'的普法课件。加之，手语翻译人员并非法律专业出身，对法律专有名词的解释也很难做到准确无误。况且，所聘请的手语翻译，基本都是聋哑学校的老师。前面说过，聋哑学校老师的手语跟社会聋哑人实际使用的手语，经常存在着偌大的差别。所以，翻译常常无效，这种宣传形式的有效性也就大打折扣。"唐帅如此解释。他把"因人制宜"四个字放在很重要的位置上。

聋哑人犯罪率很高，要挽救这一批人，归根到底，还是必须借助各种手段提高他们的法律意识。但目前谁能够对聋哑人进行有效的普法呢？答案是"手语律师"。这几乎是目前司法界对"聋哑人普法"问题给出的最佳建议方案，虽然"手语律师"尚处稀缺状态。

近年来，唐帅一直担任重庆市大渡口区残联的法律顾问，每月都会专门挤出时间，按时给区里的两百多个聋哑人开设公益讲座，告诉他们最基础的法律常识。

唐帅讲的全都是真正的常识，普通人甚至会觉得"根本不用讲"——

"你想想一些简单的道理，他们结婚都是父母带着去的，根本不知道办结婚的那个地方叫什么。中间出现问题,不用说维权了,大部分都不知道自己有哪些合法权益。小的事情都不明白,遇到更大的事情呢？所以,在其他事情上,即使别人侵犯了他们的合法权益,可他们也许根本就不知道。"

唐帅会专门给聋哑人讲"什么是犯罪",遇到什么情况可以通过什么方式寻求法律援助来保护自己……

普法讲座的现场,有各种各样的咨询:"唐律师,我要离婚该怎么办理？""唐律师,我被人打了怎么办？""唐律师,我被丈夫家暴了。""唐律师,我被拐卖嫁到东北了。""唐律师,我被一个聋哑人团伙勒索好几年了。""唐律师,我丈夫去世了,他还有父母姊妹,遗产应当如何分配？"……

唐帅现场普法:

——离婚和结婚都到一方常住户口所在的区、县级市民政局(或镇人民政府)的婚姻登记机关提出申请,不得委托他人代理。进行离婚申请时双方应持户口证明、居民身份证明、所在单位或村(居民委员会)出具的介绍信、离婚协议书、结婚证等,以便登记管理机关查明当事人身份,确定管辖权。需要注意的是,离婚协议的书写内容要包括协议重点,以及详细内容的叙述。一般情况下离婚协议应包含:双方申明离婚是否出于自愿、子女的抚养权归属、夫妻双方债权及债务如何处理、夫妻双方共同财产婚后归属或者是处理方式。婚姻登记管理机关审查后,对符合离婚条件的,应予登记,发给离婚证,注销结婚证;对于不符合法定条件不予登记的,应以书面形式说明不予登记的理由。夫妻关系从当事人领取离婚证时起解除。离婚的当事人一方不按照离婚协议履行应尽义务的，另一方可以向人民法院提起民事诉讼。

——家暴是社会上普遍存在的一种暴力行为。依据《中华人民共和国婚姻法》第三十二条，男女一方要求离婚的，可由有关部门进行调解或直接向人民法院提出离婚诉讼。有下列情形之一，调解无效的，应准予离婚，其中包括"实施家庭暴力或虐待、遗弃家庭成员的"。值得注意的是，"家暴"的范围很广，不仅仅是殴打这么单一，包括肉体摧残、精神迫害、性虐待、经济虐待，等等。根据我国《婚姻法》及其司法解释的规定，进行离婚财产分割时，参照照顾无过错方的原则分割财产。《婚姻法》规定的'过错'是指有重婚的、有配偶者与他人同居的、家庭暴力的、虐待遗弃家庭成员的。在离婚诉讼中，因过错方的行为导致夫妻离婚的，过错方应对无过错方给予民事赔偿。同时，如果一方有家暴行为，受害人需要治疗的、因家庭暴力失去工作或者影响正常工作的，以及在财产利益方面受到不利影响的，在财产分割时应得到适当照顾。

——被打、被伤害、被勒索时要做的是尽快"报警"。聋哑人没有办法直接打"110"，但可以请旁人协助拨打"110"报警。"110"是警方为了更及时地打击犯罪而设立的报警服务台，全天候接受公民的报警和求助。打"110"是不收费的，这是较为快捷的一种报警方式。要就近迅速报警。如果你遭遇到现行侵害，情况危急，要到距自己最近或最方便的公安机关报警。如果在报警途中遇到巡逻执勤的民警，也可以向他们求助。这样既可以节省时间，也便于警方迅速出击。对一些非现行案件，也可以通过书信的形式报警，注意书信内容要真实，字迹要清晰。

——收买被拐卖的妇女,属于刑事违法行为。根据《刑法》第二百四十一条的规定,收买被拐卖的妇女、儿童的,处三年以下有期徒刑、拘役或者管制。收买被拐卖的妇女,强行与其发生性关系的,依照本法第二百三十六条的规定定罪处罚。收买被拐卖的妇女、儿童,非法剥夺、限制其人身自由或者有伤害、侮辱等犯罪行为的,依照本法的有关规定定罪处罚。收买被拐卖的妇女、儿童,并有第二款、第三款规定的犯罪行为的,依照数罪并罚的规定处罚。收买被拐卖的妇女、儿童又出卖的,依照本法第二百四十条的规定定罪处罚。收买被拐卖的妇女、儿童,按照被买妇女的意愿,不阻碍其返回原居住地的,对被买儿童没有虐待行为,不阻碍对其进行解救的,可以不追究刑事责任。同时,与被收买的妇女结婚的,如果有强行、胁迫结婚的情节,属于可撤销婚姻。被收买的妇女可以在结婚登记一年内或者恢复人身自由一年内提出撤销婚姻。婚姻被撤销后,自始无效。

——法定继承的遗产分配原则指的是在法定继承中确定同一顺序的法定继承人应分得的遗产份额的基本准则。遗产继承顺序是指,被继承人死亡后,继承人继承遗产的先后秩序。《继承法》第十条规定:遗产按照下列顺序继承:第一顺序:配偶、子女、父母。第二顺序:兄弟姐妹、祖父母、外祖父母。继承开始后,由第一顺序继承人继承,第二顺序继承人不能继承。没有第一顺序继承人继承的,由第二顺序继承人继承。《继承法》第十二条还规定:丧偶儿媳对公、婆,丧偶女婿对岳父、岳母,尽了主要赡养义务的,作为第一顺序继承人。在遗产继承中,被继承人立有遗嘱将其个人财产指定由法定继承人的一人或者数人继承,或者在遗嘱中明确将其个人财产赠给国家、集体或者法定继承人以外的人的,应遵照该遗嘱执行。

……

帅气的手语,谆谆的教导,细致的讲解,使得这些长期身处法律荒漠的无声者,像是抓到了心灵的救命稻草,终于有一个人可以信任和依靠了!

长期参加公益讲座的大渡口区东风村居民、聋哑人唐大姐比画着手语表示:唐律师是我们的法律代言人。

"唐律师人很好,很热心。我们这里的残疾人朋友都非常喜欢听他讲课。"大渡口区残联的志愿者们,对唐帅交口称赞。

不仅仅在大渡口,唐帅奔走普法的身影,在全国各处可见。不仅仅是媒体上忽略细节的侧写,更是一幕幕鲜活生动的现场。

我走访时,有人给我描述过自己在西安一个聋哑人普法现场的所见,时间是 2018 年秋。

在那场普法讲座开始之前,有一个小规模的欢迎会作为"头阵"。欢迎会在当地一处律师事务所里举行,那天一早就到了十几位聋哑人代表。唐帅进门的一瞬间,无声的情绪悄悄席卷了现场,是激动,是期待,是兴奋,是欢喜,很复杂。没有掌声,聋哑人的世界里没有"鼓掌"这个概念,他们并不知晓响亮的掌声可能带来的激昂效果。但聋哑人自有他们的表达方式。在复杂情绪的带动下,他们用手语、用眼神、用嗓子里发出的低沉而模糊的声音,对唐帅进行热烈的欢迎。唐帅一面往里走,一面用欢快的手语回应。在一个普通的健听人看来,如此场面,既安静又震撼。

在正式的普法讲座上，数百人的座位满满当当。听众几乎都是聋哑人，还有立志于为聋哑人服务的志愿者，也有好奇的健听人。西安聋哑人协会主席来了，这个热心公益的中年男子本身还有轻微的听力，戴上助听器差不多都能听见，几乎与正常人一样，但为了更好地"合群"，前些年，他还专门学习了手语。

唐帅全程用手语讲座，但是这位手语律师心细，知道现场有不通手语的健听人，还专门安排了两个精通手语的健听人女孩做"翻译"。

现场聋哑人问的第一个问题是：被不法分子骗去的钱能追得回来吗？

唐帅回答：要想拿回被骗走的钱，你要做的第一件事就是，赶紧报案，配合警察的调查。如果公安机关查获了犯罪组织，多少能拿回一部分。

还有一个不到二十岁的聋哑小伙想办身份证，询问唐帅应该怎样做。他告诉唐帅，自己因为残疾，很小就被父母抛弃了，是个"黑人"，但有好心人一直接济他。

唐帅告诉这个小伙子，像他这样的情况，可以先到社区开具情况证明，然后再到派出所解决这个问题。末了，唐帅也鼓励小伙找回自己的亲生父母，"毕竟骨肉亲情是割舍不断的，你父母当初做出不理智的决定，时隔多年，他们也许后悔了，他们会想你，就像你思念他们一样。"

2018年10月的一个下午，由广州市法律援助基金会、广州市残疾人联合会、广州市法律援助处、广州少年儿童图书馆主办，广东易恒律师事务所协办的"防金融诈骗公益普法讲座"在广州少年儿童图书馆如期举行，主讲人是唐帅。来自市聋哑人协会、市肢残人协会等协会成员及社会各界人士二百余人参加了讲座。

在活动现场，唐帅讲授了"提升应对骗术的处理能力、对诈骗手段的认识和自救意识"等内容，教育引导聋哑人朋友们合法维权的同时，要增强法律意识、风险意识，端正心态，理性思考和分析。他以"庞氏骗局"案为例，围绕"残疾人群如何应对及防范金融诈骗"这一主题，与大家进行互动交流。讲座结束后，唐帅和志愿者律师们还设立咨询台，耐心解答聋哑人咨询的法律问题。

现场的聋哑人纷纷表示，本次讲座生动形象、通俗易懂，非常贴近生活，很精彩、很解渴，提高了大家防金融诈骗的警惕性和保护个人财产权利的意识，希望类似的讲座能经常开展，帮助大家不断增长法律知识，增强法律意识，提高防范能力，有效维护自身合法权益。

值得关注的是，近年来在各界有识之士的支持下，广州市各法律援助机构高度重视"法援惠民生、关爱残疾人"法律援助品牌建设工作。十二个法援便民服务窗口全部坐落在临街一层，设有残疾人接待室，完善残疾人无障碍配套设施，配备轮椅和拐杖，实现市区两级残联法援工作站全覆盖。同时，创新工作方法，密切联系残联及残疾人服务机构，积极为残疾人提供个性化服务。截至 2019 年前后，共承办残疾人法援案件二百余件，其中六个残疾人法援案例获奖。广州市法律援助处积极配合市残疾人联合会共同制作"法援指南"(手语版)视频，发放给各区法援机构和各残疾人法援工作站，方便法援机构工作人员接待有听力障碍的残障人士,为他们送上温暖和关爱。同时,招募了近二百名志愿者,深入到福利院和残疾人家中,开展法律咨询、心理疏导、法律维权等志愿服务和涉残政策及法律咨询,解答残疾人关心的法律问题,消除残疾人心中的疑惑,受到广泛好评。

2019 年 4 月的"世界读书日",在熙熙攘攘的重庆市中心解放碑步行街,穿着一身庄重律师服的唐帅,跟记者简短介绍完自己为本次活动所做的准备后,就携带着他自创的手语栏目《手把手吃糖》亮相活动现场,进入到为现场聋哑人量身打造的特殊"课堂"。唐帅十指翻飞,一个个原本刻板的法律名词,在他的生动演绎下,变得精彩变得主动。随着唐帅的讲解,台下时而兴奋,时而沉寂。在互动环节,不少聋哑人向唐帅提出与法律有关的一些问题,唐帅则结合办案经历为聋哑人士答疑解惑。你来我往,无声的"讨论"热火朝天……整整半天时间,唐帅用手语向到场的聋哑人传达了法律知识阅读的重要性。同时,唐帅还向到场的聋哑人推荐了《心理罪》系列丛书。

那天,五十岁的聋哑人柏大姐早早地来到解放碑的会场,她是专门为学习法律知识而来。随着法律知识的重要性在生活中愈发凸显,为了更好地维护自己和家人的合法权益,她花了许多时间投入到相关学习中。平常,她主要通过手机进行碎片化阅读,"这样整块的学习机会则是很难得的。"

在唐帅看来,"通过给聋哑人推广法律知识,从而推动聋哑人主动去了解法律知识,对推进残疾人群体无障碍建设来讲,是有积极意义的。"唐帅希望借助这些"灵活有趣的方式",让聋哑人群体真正融入到法律学习中来,找到"学法"的兴趣。

现在看来,聋哑人都很积极地参加普法活动,但早前的情形并非如此。在大渡口第一次搞普法讲座的时候,大部分的座位都是空着的,偌大的会场,只稀稀疏疏地坐了几个人。唐帅私下去了解情况,得到的反馈是:"有那个坐的时间,我还可以多干点儿活。""普法讲座有什么意思呢?"到第二次开展普法讲座的时候,唐帅就有了点儿"小心机",他委托几个熟悉的聋哑人朋友提前一天放出口风:"明天下午,唐帅律师的普法讲座现场派送礼物。"果然,第二次普法讲座的现场,位子几乎都坐满了。好,来的人都送一块肥皂或一瓶洗发水。到第三次普法讲座时,就全坐满了,依然一人一个小礼物。到了第四次、第五次,座无虚席,但聋哑人已经不是冲着那些小礼物来的了,他们开始越来越深地感受到,唐律师普及的那些法律知识,是绝对有用的。比如,若是在纠纷中被人拳打脚踢,他们不会再独自捧着伤口回家偷偷掉眼泪,而是借助法律的力量讨回公道;若是用工单位刻意拖欠工资或者降低待遇,他们不再一次次地向刻薄的老板卑微求告,而是转身拿起《劳动法》保护自己;若是有好心人再来给他们讲"天上掉馅饼"的故事,他们会去冷静地思考和判断,若是诱惑实在太大的话,就给唐律师发个微信,听听他的意见。

对唐帅来说,现场普法是远远不够的。因为,现场普法的时间、空间和受众都非常有限。有没有什么办法,可以随时随地惠及聋哑人群体呢?

2016年,智能手机和微信早已在社会普及,大部分聋哑人也都在用，于是唐帅开始打起"高科技普法"的主意。手机软件可不是想象得那么简单，哪怕开发一款最简单的手机软件，都是大量的资金投入。那一年，唐帅拿出自己的全部积蓄，委托网络科技公司研发了一款手机软件，名为"帮众律师"，旨在为各类残疾人提供法律咨询与服务。当时，他们做的手机软件功能很简单，就是文字解答，一问一答。后来，唐帅发觉聋哑人的文化水平确实不高，他们没有那个阅读和写作能力，理解不了那些字句的意思，实际普法的效果很差。

这款普法手机软件出来以后，虽然上面的服务对聋哑人是全免费的，但后台的制作团队及律师团队却是收费的，所有的开支都需要唐帅自掏腰包。

"我挣钱也不容易呀，所以坚持一年零七个月之后，实在是坚持不下去了。"谈起当年的热血经历，唐帅一脸苦笑。

一计不成，又生一计。后来，唐帅团队在以前的手机软件版本的基础上进行改良，制作了"帮众法律服务"微信公众号，通过线上视频一对一的方式来进行法律咨询和解答。视频显然比文字更直观，用手语就可以让聋哑人看个明白。视频上的一问一答，聋哑人收获良多。这个服务上线以后很火爆，天南海北的聋哑人"排着队"前来咨询，每天律师团队的手机都不停地响着"当当当"的提示音。

唐帅首当其冲地活跃在视频那头。吃午饭时，线上的问题来了，他搁下饭碗就比画；走在路上，信息来了，看一看，思索片刻，马上打起手势，看见这个边走还边比画的年轻人，路人都会好奇地多看几眼；就连在休庭的间隙，他都会不失时机地瞄瞄手机。

"一款非常好用的东西，"交谈中，唐帅打开公众号，亲自演示了一遍，"使用者只要点击'需要帮助'，写明大概事由或者案由，然后点击'发送'，后台就会根据'专业对口'的原则，将问题发送到具有相应特长的律师的手机上，律师点击'回拨'，就可以跟咨询者进行'一对一'的电话沟通了。对聋哑人而言，只需要在写案情时备注其聋哑人身份，那么后台便会把单子派送到我的手机上。"

为了让这个平台和后面的团队能够运行下去，这个普法的公众号开始收费了。

"怎么收费呢？按照我们重庆市司法局的规定，律师向当事人提供法律咨询服务，收费标准是每小时两百元到两千元人民币不等。我们为了照顾并帮助聋哑人只收个成本费，就是两个小时三十九块九。"

2018 年 8 月，唐帅又试着自己创办了一个《手把手吃糖》的普法栏目。视频画面里，有一左一右两个唐帅，左边的唐帅用较慢的语速解说着什么是"庞氏骗局"，右边的唐帅打着手语，中间则是配合解说的动画。

"庞氏骗局"案是唐帅从业数年来遭遇过的最恶劣凶险的案件，为了警示广大聋哑人，他特意以"庞氏骗局"为内容，制作了《手把手吃糖》第一期的普法视频节目。这期节目采用的是大灰狼和小白兔的漫画，以这种浅显易懂的方式，介绍什么是"庞氏骗局"，以及卷入集资诈骗泥沼之后，妻离子散的惨状。

动画中，唐帅用"一只狼用高额回报欺骗兔子"来做比喻，向聋哑人群体科普此类"庞氏骗局"，告诫他们提防身边那些不怀好意的"恶狼"。

在这些节目中，唐帅自比为"糖"，使用简单易懂的自然手语，"希望节目就像糖果一样，每个聋哑人都吃得下去。"

唐帅没有想到的是，小小的《手把手吃糖》一经播出，会引起国内，甚至是国际上一些媒体的关注，在社会上引发了一个很大的反响。这则简短的普法视频在网上引起了不小的风暴，外媒开始关注起这位"中国唯一的手语律师"，唐帅的事迹迅速登上 BBC 的主页。《手把手吃糖》的名头很是响亮，我查阅资料的时候，以"手把手吃糖"来搜索，相关国内新闻就有近百条。

但也有人认为，唐帅的视频设计有常识性错误。《手把手吃糖》推出后没多久，一些学导演专业的同学给唐帅打电话说，帅呀，你那个视频犯了一个大忌。

唐帅问，什么大忌？他们说，你那个视频画面中左边一个你、右边一个你，中间还有动画，你让人的眼睛往哪看呢？

唐帅回答道：同学们，我又不是傻子，我肯定知道啊。但为什么还要那么做呢？原因很简单，我只有用这种卡通的形式才能真正把他们带入进来，配合自然手语的同步翻译，才能让他们真正看得懂，理解其中的法律知识。

"当然，不仅仅是普法讲座和普法视频，方法还有很多。不论我究竟是不是全中国唯一的'手语律师'，既然，现在我抢先站了出来，虽说一个人应对全国近三千万的聋哑人群体纯属'杯水车薪'，但也必须要坚持并创新。"

时间挤挤就有了。从定时定点的讲座普法、视频普法，到义务为有困难且需要帮助的残疾人提供诉讼案件的代理；从为聋哑人提供现场法律咨询，化解社会矛盾，到为残联具体的行政行为提供法律意见，等等。大大小小，事无巨细。

虽然唐帅的律所主要做"刑事案件"，但也常常接到许多民事纠纷的案子，几年下来，这个律所倒成了一个实实在在的"民事调解委员会"，而唐帅则是"总调停师"。

"民事纠纷"里的大头，自然是"婚姻问题"。

许多聋哑夫妻，虎着脸，相互推搡着到唐帅这里咨询离婚事宜。在唐帅的耐心劝解和说服下，几个回合下来，一对对"欢喜冤家"，大都重归于好。

对此，未婚的唐帅颇有自己的看法，"我很小的时候就晓得大人闹离婚不是件好事，古话说'家和万事兴'，毕竟'民事'不同于'刑事'，'民事'更讲'情'。聋哑人结婚成家不容易，身处社会底层，过日子生儿育女更不容易，必须得夫妻同心才能抵御生活的层层重压。所以，一般情况下，我都是劝和不劝分。"

晓之以理，动之以情，实在不行还会把他们的孩子搬出来，你看，孩子多可爱。这时的唐帅不像个"未婚青年"，倒更像一张"婆婆嘴"。

有一对年轻的聋哑人夫妻，丈夫是东北人，妻子是重庆人。两人通过朋友介绍认识。原本相隔千里，双方家庭都执意反对，但女孩已经认定自己的归宿，为了爱情，离开家人去东北投奔恋人，然后在那里结婚成家。两年后，夫妻俩却因为家庭琐事不断争执，甚至鲁莽地把离婚提上议事日程。家庭战事日益升级，年轻的妻子一怒之下回到重庆，找到唐帅,专门咨询离婚事宜。满心愧疚的丈夫也跟着赶到重庆,想要挽回这段婚姻。唐帅分别听取了夫妻二人的心声,虽说"清官难断家务事",但也贴心中肯地提出了自己的几点建议:一、多想想对方的好、对方的难处。二、刚才说的那些问题和困难是不能解决的吗?实在不能解决,可以各退一步吗?三、设想一下,如果生活中再也没有了他(她),这样的日子是你想要的吗?在唐帅的耐心引导下,小夫妻冷静了几天,慢慢地,从起初的互不搭理,到彼此找个"茬口"碰一碰,再后来喜笑颜开,一起回到东北。

但也不是所有的婚姻,唐帅都主张维持。

"我保证,每天按时回家,不再打老婆。"一个聋哑的中年男子在唐帅面前,信誓旦旦地打着手势保证。而就在此时,一股股浓烈的酒气,正从男子敞开的衣衫散发开来。"我不会再相信你了,我这次决心要离婚。"唐帅身旁,站着一个面容焦黄憔悴的女人,脖子上面隐约可见道道瘀痕,她快速激动地打着手势,表达自己的意愿。女人旁边,还有双方家里的几个老人,这会儿都在合力劝说女人:"算了吧,你男人已经跟你保证过了,他不会再打你。再说,夫妻之间,床头打架床尾和。这样,让他当着唐律师的面再立个保证,回去好好过日子,不要再闹了。"女人一个劲儿哭,一个劲儿摇头。唐帅知道,这个男人的保证早就不是第一次了。酗酒,家暴,不管孩子,夜不归宿,这是这个男人十余年的"日常"。被打到浑身瘀青的妻子,每每鼓起勇气提出离婚,男人就痛哭流涕地向她保证,下次不会再犯。可是,到了下一次,他依旧在喝得烂醉的时候摸回家,暴力不仅继续,还不断升级,从最初的巴掌、拳脚到棍棒,发展到后来摸到什么就拿什么打,哪怕是锋利的剪刀都能朝女人扔过去。孩子读到高中,他几乎从来没给过生活费,他自己挣的钱,总是大手大脚地几天就花光了。家庭生活的开支,全靠女人打工维持。而以往每次闹离婚,老人们就来"劝和",包括女方的老母亲。老母亲一面心疼自己的女儿挨打过苦日子,一面又觉得"宁拆十座庙,不毁一桩婚"。唐帅则反复告诫这位妻子:家暴有了第一次,就有第二次,永远都不可能停止,最好的办法,就是彻底离开他。在唐帅的鼓励支持下,妻子最终选择起诉离婚,义无反顾。"你要相信,离开阴霾满布的家庭,前面的路,哪怕再难,都会有希望。"

遗产的继承和分割,也是唐帅常常会遇到的"民事案子",从这些纠纷里又足可见世道人心。

有一个聋哑女人焦急地找到唐帅,一边哭泣一边请求唐帅帮忙,还她一个公道。原来,这个女人的丈夫也是一个聋哑人,已经是癌症晚期,医院不久前已让他出院,让家人准备身后事。夫妻二人无儿无女,从丈夫生病之初到现在,一直是聋哑女人在无微不至地照顾,病重的时候,她几乎夜夜衣不解带。可就在几天前,丈夫突然叫来家里所有的人,当着大家的面立了一个遗嘱,遗嘱里交代,要把夫妻二人仅有的一套房子,交由自己的妹妹和一个朋友共同继承。女人觉得很委屈,共同生活几十年的丈夫,竟然要在自己身后让妻子"无家可归",实在是无情无义。何况,为了给丈夫治病,家里已经没有一分钱的积蓄,这套房子如今是唯一的家当,虽然从法律意义上讲房子是丈夫的"婚前财产"。唐帅后来了解到,这对聋哑人夫妻从结婚开始,丈夫就刻意与妻子实行"AA

制"，自己挣了多少花了多少从来不告诉对方，而丈夫的健听人妹妹则插手夫妻之间，挑拨了许多是非。甚至在一次妻子与妹妹的纠纷后，丈夫直接向妻子提出离婚，妻子苦苦哀求，这才作罢。而那个被丈夫赠与另一半房产的聋哑人朋友，则在以前常常怂恿他去投资、做生意，究竟赚没赚钱，不得而知。但有一点是肯定的，丈夫治病的钱，大部分是妻子出的，可从事后的情形判断，丈夫心里依然没有认可妻子。

还有一个聋哑男子，也算有房子、有积蓄，他的直系亲属众多，生前却无人照料，孤独了大半辈子。等他意外去世准备分割遗产的时候，却出现了几份内容不同的遗嘱，受益者各有不同，唯独漏掉的，是他自己风烛残年的老母亲。这种遗产案子很复杂，涉及的东西千头万绪，况且付给律师的费用并不高，可是唐帅还是会为之奔波，甚至星期天都在调查取证、验明遗嘱真伪。

"我为什么要执着于此？因为人性人心有多面。我们每个人都会有脆弱和无助的时刻，此时若有人施以援手，这样的温暖是无可比拟的。因为唯有善意，才能催生出更大的善意。"

打破“唯一”

2019 年 6 月，在各类报道中，媒体依然称唐帅为“中国唯一的手语律师”。这个勇气可嘉的青年律师，依然倔强地高调地做着自己认为“对”的事情。当然，所有的出发点，是为了让自己不再“唯一”。

面对全国近三千万聋哑人，"网红手语律师"唐帅一面用尽十八般武艺，竭尽全力，一面也期待着国内能早日出现一支像他这样既懂法律又精通手语的律师队伍。

"虽然利用互联网，极大地提高了服务效率，但个人的力量毕竟非常有限。我呼唤更多的同伴。我必须要扩充自己的团队，这是当下最为急迫的要求。"

期待和呼唤是热切的，现实却并不容乐观。"既懂法律又精通手语"，涵盖了两个方面的要求。可是，精通手语，尤其像唐帅那样精通方言手语和自然手语，已然是不大容易达到的要求。且不说健听人学手语有多困难，最关键的问题在于，健听人能否完全地融入"无声世界"，充分地理解"无声世界"的思维模式和人格特质。一开始，唐帅曾经试着把自己律所里的律师和实习律师全部拉去学习手语，表面看来，大伙儿像练舞蹈一样，花枝招展，精神头儿很足。但是经过近半年的学习，一检验，唐帅才发现一点儿用都没有，这些健听律师还是与聋哑人完全不能交流。他这才明白，自己是特殊身世造就的能走进"无声世界"的健听人，这一点不可复制。

再者，学习手语这件事，就算放在聋哑人身上，当下的阻碍也不少。在绝大多数家庭，家长如果发现孩子出现严重的听力障碍，第一件事绝不是让孩子接受现实、适应无声世界，而是强行恢复听力。有条件的会想方设法带孩子去医院植入昂贵的耳蜗，或者趁着孩子还保留有一丝微弱的听力，给孩子戴上助听器，开始学习说话。家长的做法无可厚非，毕竟能恢复正常生活是件顶好的事。而且，即便是许多迫于无奈一直教孩子唇语的家庭，也是坚决制止孩子使用手语的。他们会告诉孩子：你打手语的样子很难看，别人会瞧不起你。采访中，一个只有一点点儿听力的聋哑女孩，艰难地开口，几乎是一字一顿地对我说："我说话很艰难，在外面学了手语。手语轻松。但回家只要一打手语，爸妈就要骂，骂得厉害。"

问题很多。那么，这支后续的队伍到底应该怎么建呢？有时候，灵感总在不经意间闪现。一次，唐帅观看邓小平会见撒切尔夫人的视频，其中提到"港人治港"。对呀，他一个激灵，"可以让聋哑人服务聋哑人呀，只有聋哑人最懂聋哑人！"也许，只有聋哑人才能真正了解聋哑人想要什么，才能了解聋哑人目前所处的状况、水平、环境及心态等是什么样的。

"就像不可能短期培养一个批次的英语律师团队以服务于某些特需场合一样，手语律师的问题更加复杂。就目前的律师队伍而言，手语基础教育很缺乏。哪怕是聋哑人，也只有经过长期培训和练习，手语才能达到无障碍交流的水准。"这是国内司法专家公认的情况。唐帅转变思路之后的新尝试能否带来突破,还需要实践的检验。

"当然,我的设想也不是普通聋哑人可以做到的,能从事法律服务的聋哑人,还得有大学以上的文化程度。"唐帅强调。

前面讲过,聋哑人因为自身缺陷,导致对世界的认识有偏差,学习理解能力不够,整体文化水平较低,那么聋哑人高等教育的现状又是怎样呢?

聋哑人高等教育是我国特殊教育的重要组成部分,随着我国经济和教育的发展,以及政府和社会各界对特殊教育事业的支持,我国高等特殊教育的发展取得了长足的进步,虽然也存在不少亟待解决的问题,比如,我国聋哑人高等教育的支持体系与发达国家相比尚存在较大差距。在此过程中,一大批优秀教师为此付出了不懈的努力,为唐帅的"队伍建设"提供了可能。说起这些致力于聋哑人高等教育的光荣"园丁",不得不提到重庆的聋哑人教授郑璇。

在各种媒体上,都可见对郑璇故事的大幅报道。

今年三十八岁的郑璇是重庆师范大学的教授、硕士生导师。身为聋哑人博士,她不仅在科研上做出了傲人的成绩,是享誉特教圈和手语圈的聋哑人学者,还长期奋斗在聋哑人高等教育一线,是学生心目中的励志榜样和"知心姐姐"。截至 2019 年,重庆市一共有四人入选第六次全国自强模范,郑璇是其中之一。

两岁时,一次医疗事故造成郑璇双耳严重失聪,仅左耳剩下一丝微弱的听力。经过几年艰苦的家庭语言康复训练,郑璇依靠助听器和读唇,奇迹般地学会了与健全人交流,背着书包走进了普通学校。在没有任何特殊照顾的情况下,她通过双眼"看课"和课外自主学习,先后考取武汉大学和复旦大学,并于 2009 年获语言学博士学位。这也是我国迄今为止唯一一位自主培养的聋哑人语言学博士。在沿海城市,就业机会多,待遇也不错,不过郑璇都放弃了。

博士毕业后,郑璇离开家乡,到有特殊教育专业的重庆师范大学任教,讲授聋哑人高等教育课程。每每被问及为何放弃在一线城市的发展机会而选择重庆时,郑璇总是回答:重庆师范大学是聋哑人师范教育在西部地区的唯一一个阵地,刚刚起步,需要力量,所以她来了。郑璇想为聋哑孩子们培养一批德才兼备的特教老师,也希望用自身的经历鼓舞聋哑人大学生,以实力改变命运,开创属于自己的未来。

重庆师范大学特教楼,郑璇在这里开启了"唇耕手耘"的特教生涯,一堂又一堂的无声之课在这里进行着,只见她时而用大拇指指向自己,时而紧握拳头,时而用右手在左手的拳头上环绕……课堂上,郑璇教孩子们手语和语法。在郑璇看来,手语是一门非常美丽的语言,聋哑人使用以视觉为基础的语言,手势、表情、身体姿态等都是无声的情感表达。

郑璇精通各类手语,和聋生之间沟通无碍,这使她在上岗之后迅速成为本专业的核心教学力量。郑璇在全国首创聋大学生"三位"课程教学模式,搭建聋听之间精准、便捷、高效的沟通桥梁,为学生创设了自主、灵动、和谐的课堂生态。为了把聋大学生们教好,郑璇常常备课到深夜。一个手语动作、一个巧妙的教学环节设计,她都精益求精,反复斟酌。一个简单的生字或者一句话,她可能要用手语教上几十遍。

四年前,郑璇组建了"重庆师范大学手语与聋教育研究中心",在她的带领下,师生们走出校园,做义工,搞义演,为聋哑人提供心理辅导和手语翻译服务。她还亲赴各地特教学校和残障机构讲学授课,足迹遍布二十六个省、市、自治区,以及香港和台湾地区。

在郑璇的影响下,她幼小的孩子也学会了简单的手语。她希望孩子长大后能做手语翻译,继续为聋哑人这个群体贡献力量。

重庆市残联评价郑璇"长期以来坚持为聋哑人执言发声,用实际行动改变了许多人认为聋哑人不便交流、不善沟通的刻板印象,实实在在成了聋哑人群体和健听人群体之间的沟通桥梁"。2018 年,郑璇当选为重庆市聋协主席、中国残联主席团委员、重庆市残疾人福利基金会理事,并荣获 2018 年度"全国最美教师"。

这些年,随着聋哑人高等教育的不断加强,我国已有了二十三所聋哑人高等院校,包括天津理工大学、长春大学、北京联合大学、重庆师范大学、郑州师范学院、南京特殊教育师范学院等,其中不乏老牌名校。

2017 年,唐帅向全国范围的高校发布了聋哑人大学生招聘启示,从近百个报名的聋哑人当中挑选出了五个,组成了一个特殊的团队。从 2017 年 8 月开始,唐帅对这五名聋哑大学生进行了为期一年的法律知识培训,也可以说是要求很严苛的"魔鬼训练",不仅仅是法律专业知识,还有反应力、临机处置能力、逻辑判断能力,等等,终极目标,是将他们培养成为法律执业者。

第一次听说唐帅要培养聋哑人做律师时,我很好奇地问了他一个问题:"唐律师,这些人即便做了律师,在法庭上既听不到法官说什么,也没法开口替当事人辩护呀？"

唐帅告诉我，其实"出庭"只是律师众多工作当中的一项而已，与出庭相比，大量的法律服务和援助才是最重要的。所以，这点儿小缺憾并不算什么。

"我招的这五个聋哑人是有特色的，他们代表了两类群体。其中三个人戴上助听器是有听力的，而且也有一定的语言表达能力，准确来说，他们就是处于健听人和聋哑人界线的中间人，如果他们成为律师，就会是聋哑人最好的服务者。剩下的两位则精通普通话手语和自然手语。所以我这个团队是精了又精。"

采访中，一位聋哑助理比画着发声："唐律师鼓励我们，聋哑人一样能够成为法律工作者，我有信心今后做律师。"

事实证明，有着高等教育基础、通晓手语的聋哑人学法律是可行的。这五位聋哑人助理在一年的时间里，一边学习一边工作，配合协助唐帅，通过互联网线上线下给聋哑人提供法律帮助。他们全都参与到了视频普法问答中。一手拿着手机，一手比画手语，是五位二十出头的律师助理身上最常见的状态。尤其是，在极为险恶的"庞氏骗局"案中，五位助理被分配到了上百个聋哑人维权群，分工负责不同省份的证据搜集工作，与诈骗犯们斗智斗勇，为推动案件进程发挥了积极作用。

唐帅鼓励这五位聋哑助理参加了 2018 年的司法考试，"你们听过聋哑人考司法考试吗？恐怕没有。在今年的司法考试当中，这五个聋哑人哪怕只有一个人过线了，他也将成为我们国家'前无古人'的第一个聋哑人律师。"虽然，最终五人铩羽而归，但唐帅认为，这绝对是一次颇具意义的尝试。虽然唐帅同时也承认,聋哑大学生与同等教育水平的健听人相比,在逻辑推理等方面可能略逊一筹,但他也相信,假以时日"勤能补拙"。

唐帅一直有个心愿,那就是能到高校里去做个"兼职老师",因为他遗憾地看到,目前聋哑人高等教育这块并没有法律专业。对于任教这件事,唐帅热情高涨。我跟他开玩笑说:"你瞧,大渡口区跟大学城或者渝北区相隔那么远,如果你到这两个地方的高校兼职任教,碰到早上有课,天不亮就得起床,你每晚熬夜加班的,起得来吗?"他一本正经地回答我:"上课可是大事,那我提前一天就住到学校附近的宾馆里,反正绝不耽误上课。"可是,因为高校对于"兼职"或"客座"教师的学历,有着"铁板钉钉"的要求,所以学历稍低的唐帅至今也未能达成心愿。每次都是兴冲冲地送上自己的简历,对方也认为"这个律师很优秀",而进一步要求出示学历学位证书时,就"卡壳"了。

"大学什么时候能对我网开一面啊?哪怕劳务费再低都行。"唐帅常常对我感叹,因为我也曾经试图为他推荐过几个高校。

2018 年,重庆"两会"期间,人大代表唐帅在议案中建议:成立一个独立的手语翻译协会,对涉及聋哑人的司法审讯录像进行鉴定,不让手语翻译成为"事实上的裁决者"。同时,成立协会还能对手语翻译进行培训,让他们学习法律、医学等专业术语,制定翻译规范。

在提出这个议案之前,唐帅已经四处奔走呼吁,为筹备这个协会做了大量基础性工作,但是遇到的困难和阻碍很多,但唐帅并不气馁:"这个协会至关重要,也是我未来几年最关注的事之一。"

"法治社会的光芒照耀着大地,但是聋哑人群体却被法治光芒甩在了阴暗的背后。"作为大渡口区人大代表的唐帅,在议案开篇这样写道。

事实上,对于如何规范完善手语翻译制度,这些年司法界高度重视,近期有一篇文章就这个问题专门做了建议和阐释。文章作者认为,应尽快建立与完善我国的手语翻译制度,纠正和改变当前司法实践中存在的缺陷和弊端,促进手语翻译这一服务于刑事诉讼的技术性活动变得更加客观、公正,使其在刑事诉讼活动中发挥应有的作用。

第一,应出台相关手语翻译人员参与刑事诉讼的规范性文件。明确刑事诉讼手语翻译人员所应具备的最低资质条件、不适合从事该项工作的情形及资格审定、手语翻译人员的法律地位、手语翻译人员应享有的诉讼权利和应承担的诉讼义务、司法人员与手语翻译人员共谋虚假翻译的后果等内容,防止未经专业培训、不具备从业资格的手语翻译人员进入刑事诉讼领域,确保执法的严肃性。

第二,应将具有手语翻译资质且无不良记录的人员纳入数据库,以便各个诉讼阶段的司法机关予以聘请,避免出现同一案件均由同一名手语翻译人员翻译或者同一名手语翻译同时为多个被告人翻译的情况发生。对于手语翻译人员的资质应当委托具有认定资格的机关予以认定、核实,并且应当实行年审制度,以利于刑事诉讼手语翻译工作的规范与管理。

第三,建立对手语翻译人员所做的翻译是否客观、真实和准确的监督机制。并对手语翻译人员在翻译活动中由于其重大失误或故意违背事实、徇私枉法等造成延误诉讼、误导诉讼等情况,通过民事、行政或刑事等不同层次的途径来追究其责任。

第四,完善手语翻译人员聘请程序。在刑事诉讼过程中,需要聘请手语翻译人员的,应当经过办案人、科处室领导、分管领导的层报审批,并实行书面聘请制度,司法机关聘请翻译人员应向翻译人员发出书面聘请书,并存卷备查。在聘请手语翻译人员时,应向其告知相应的权利和义务,尤其要告知其错译的法律责任,并让其在告知书上签字,以便使其正确履行职责和承担义务。

第五,建立对手语翻译过程进行同步录音录像制度。手语翻译过程中的语言沟通、动作表意等均具有即时性特点,进行全程同步录音录像,不仅可以弥补笔录记载的不足,将手语翻译过程和内容通过影、音方式真实地记录下来,而且便于对手语翻译工作及其质量进行事后审查,纠正不当或疏漏之处,确保案件程序和实体公正。

唐帅萌生这个独立的手语翻译协会的想法,是从自己的工作实践中总结出来的。

"2017年,我的事务所里招聘了五名刚毕业的聋哑大学生。他们学习法律知识,然后用手语,包括普通话手语和自然手语,通过视频交流,给很多聋哑人解释法律问题。这比让律师学习手语实际得多。手语翻译协会也应该吸纳这些能熟练使用自然手语的翻译人才,再对他们进行法律、医学、计算机等专业的培训,也包括专业术语的学习和解读,让他们传达给有需求的聋哑人群体。而且,这样的翻译人才,可以一定程度上改善司法部门现在面临的自然手语翻译短缺、普通话手语和自然手语翻译有'隔阂'的问题。同时,也希望手语翻译协会能帮助制定手语翻译行业的标准和规范。"

在议案中，唐帅认为，可以在重庆地区先成立起手语翻译协会，然后再逐步推向全国，"我们国家有近三千万聋哑人，我希望能够帮助他们更好地参与到社会生活中，不能因为语言的障碍，让他们失去这样的机会。"

唐帅在"两会"上提出的这个议案，相关部门也给予了积极的反馈。但这份凝结了他多年调研经验和心血的议案，激起的反响并没有那么大。

"结果正如预期，要取得突破性的进展，绝非朝夕可成。"唐帅说。

2019 年 6 月，在各类报道中，媒体依然称唐帅为"中国唯一的手语律师"。这个勇气可嘉的青年律师，依然倔强地高调地做着自己认为"对"的事情，当然，所有的出发点，是为了不让自己成为"唯一"。

唐帅不知疲倦地前进，前方的光亮亦不断扩大，他曾孤勇的生命因为愈来愈多的包容、理解和支持，而绽放出更多的精彩。这些，纷纷展现于他不断更新的朋友圈：

——中国律师和美国律师有什么区别？？？（备注：人家是哈佛大学法学院研究生毕业哟！牛吧！还有，这位美国律师是聋哑人，在纽约专门为美国聋人提供法律服务哟！）

——中国律师，唱响祖国！瞧，重庆律师版《我和我的祖国》精彩登场！找一找，我站在合唱团的哪个位置？以此献给我伟大的祖国！七十岁生日快乐！

——宪法是我国的根本大法！宪法宣传日，我来帮你开启宪法序言，我来诵读！

——全国的聋人朋友大家好！我是唐帅律师，因为我个人的微信号码已经挤满五千人，不能再添加好友，所以请大家关注我的抖音号！我们可以在抖音上联系，私聊。我也定时为全国的聋人朋友发布普法视频，而且还要为大家开直播，解决法律问题！抗击新冠疫情，普法和法律援助不停歇！

……

与唐帅不知疲惫的脚步一致，社会对聋哑人这个特殊群体的关爱越来越多。让聋哑人沐浴法治光辉，幸福生活，除了积极普法，亦急需给这个特殊群体提供更多的就业创业机会，解决其生存发展的基本问题。2007 年 5 月 1 日，我国《残疾人就业条例》正式施行。根据《残疾人就业条例》，用人单位应当按照本单位在职职工总数百分之一点五以上的比例安排残疾人就业，并为其提供适当的工种和岗位。安排残疾人就业达到、超过规定比例或者集中安排残疾人的用人单位，依法享受税收优惠，免收残疾人就业保障金。崭新的时代，残疾人就业已经有了三种不同的方式：第一种是集中就业，第二种是按比例分散就业，第三种是灵活就业。集中就业主要指在福利企业就业，而灵活就业主要包括个体户经商、个人创业等。

当下，许多企业都主动承担起社会责任，成批招聘残疾人上岗。其中，聋哑人颇受青睐。

"虽然聋哑人在言语交流上有欠缺，但工作能力和智力并不比普通人差，手脚和双眼非常灵活，干起活来很麻利，也很敬业。"一位私营企业主赞许道。

近年来，全国各省市残联在促进聋哑人就业创业方面发挥了重要作用。一方面，他们广泛接收企业发出的用工信息，及时发布到各大聋哑人群里，如今，一个地方企业的招聘启事，常常可以吸引到来自全国各地的聋哑人。另一方面，他们时常深入到企业当中，调查了解聋哑人员工的薪酬待遇落实情况，并据此实施保障。此外，还出台了各类创业指导意见和激励措施。

"聋哑人多担任流水线普工、操作工等，比起经常变化的工作内容，他们更擅长内容单一的工作，工作时反应很快。很多企业在招人的时候专门提出要聋哑人，认为聋哑人活干得好，能吃苦。为了解决聋哑员工的沟通问题，一些较大的企业设立了'残疾员工关系管理'岗，招聘聋哑大学生做管理工作，统筹协调。还有许多聋哑人活跃在服务业，说不定，淘宝店里哪个热情周到的'店小二'，就是一个聋哑姑娘呢！还有酒店宾馆的保洁员，毫无疑问，聋哑人完全可以胜任。聋哑人开网店做'微商'，月入近万的也有。当然，在一部分人顺利入职的同时，也有一些人因为各种原因，在求职的路上反复徘徊。在我们区，处于就业年龄段的聋哑人的就业率已接近百分之五十，可别小看这个数字，与前些年相比，有了明显的增长，而且一直处在增长当中。"重庆市某区残联的一位工作人员兴奋地说。

"希望全社会共同努力，帮助聋哑人更好地参与到社会生活中来，让这个特殊群体不再被淡忘，不再被边缘化。"

编辑后记

　　2018 年秋,在西安一个律所的会议室里,来自西安各区县的聋哑人代表围坐在一起,热切且焦急地争相"发言",这是一场无声的会谈,只伴随着一些貌似无意义的"啊啊"声和上下翻飞的十几双手,被簇拥在中间的就是本书的主人公——唐帅。与在新闻报道中的冷静和疏离不同,此时的唐帅温和、亲切、耐心十足。那是我们第一次见到这位"爆红"海内外的"中国唯一的手语律师",也是我们第一次走近这个无声的世界。

　　搭建一座沟通无声世界的桥梁,这是我们策划并坚持完成这部作品的初心。初心的生发源自唐帅那场火遍全网的讲座——"一个人的自由和生命都掌握在你手上,你给我靠猜?"唐帅在这场讲座中详述了看起来与我们并无二致的聋哑人群体所面临的真实境况:人数众多、文化水平低下、法律意识淡薄、聋性思维造成的与健听人之间的隔阂与沟通不畅,尤其严重的是手语律师的缺失。原来,在残疾人里最具劳动能力的聋哑人竟然面临着如此困境,而共同生活在一片天空下的我们对此却一知半解。在同理心和职业敏感性的驱使下,我们觉得必须行动起来。

　　和唐帅敲定这本书的合作是一个迅速且不失愉悦的过程。唐帅是一个很简单的人,他说找他合作的出版社不止一家,但执着地追着他的行程跑并见到他本人的,我们是头一个。唐帅很看重人与人之间的缘分,所以我们更相信,也许是初次见面时在人群里默契十足地认出彼此,奠定了我们友好合作的基础。

　　合作的开始很顺利,困难集中在采访的过程中。唐帅的职业属性决定了其行程的不确定性,加上他本人的作息并不规律,这令和我们一样对这本书怀着极大热情的作家李燕燕十分苦恼。但军人出身的燕燕老师愈挫愈勇,经过一番"缠斗",最终还是圆满地完成了前期的采访,并通过走访做了大量的侧采,为我们这本书准备了丰富的原始素材。

　　经过两年的创作、修改和准备,这本书终于要和大家见面了,希望这本书的出版能够在一定程度上达成我们的初心,希望大家不要只把这本书当成一部唐帅个人的传记,更能借此关注一下他为之奋斗的聋哑人群体。也许我们不是律师不懂法律,不是医生不通医术,但起码我们可以怀着一颗赤诚且包容之心,在了解聋性思维的基础上走近这群社会的边缘人,去理解他们的喜怒哀乐。希望可以通过我们的努力,让我们走近他们的世界,也让他们更顺利地融入我们这个社会大家庭。

　　执着和热情贯穿了本书诞生的始终,能够顺利出版,离不开唐帅

的支持,离不开燕燕老师的妙笔生花,更离不开始终关怀并鼓励我们
的各位老师。尤其是在前期给予我们宝贵意见的李炳银老师、杨晓升
老师、徐可老师、纪红建老师,感谢各位老师对我们一如既往的支持,
希望我们这份答卷没有辜负大家的期待。

2020 年 8 月 12 日